Joyous Gard

心靈樂園

在紛擾塵世中，找尋流奶與蜜之地

原著：[英]亞瑟·本森（Arthur Benson）著

翻譯：遲文成

受俗世所擾，眼光卻越見清澈沉靜
如同騎士般堅忍高貴，以文字
開拓屬於個人的樂土

知名學者×新一代心靈導師×暢銷作家
亞瑟·本森暢談人生，領你築出屬於自己的伊甸！

目錄

前言

1. 引言 9

2. 思想解析 15

3. 詩歌之本 19

4. 詩與人生 25

5. 藝說詩歌 31

6. 德藝之辯 43

7. 找回自我 53

8. 育人之道 61

9. 熱愛知識 67

10. 感悟成長 77

11. 崇尚情感 83

12. 重拾記憶 91

13. 再拾記憶 101

14. 信仰幽默 109

目錄

15. 闡釋遐想 119

16. 思想活力 125

17. 寬厚待人 135

18. 學會包容 145

19. 評說科學 153

20. 逃離紛擾 161

21. 滿懷希望 169

22. 親歷人生 179

23. 追求信仰 187

24. 放棄欲望 197

25. 培養美感 205

26. 尚美原則 211

前言

　　直言不諱地寫出內心想法或信仰確實不是一件容易的事。祕密是自私的！——「我的祕密是我個人的！」——聖方濟各[01]曾痛苦地高喊道。但是，我認為那種隱藏真正想法的人之本能是理應克服的。對於我來說，保守內心想法似乎不是一種什麼很開化的美德，根本不是！我們所有人，或者我們大多數人，在紛繁人生的幕後，內心總會湧動一股無聲的思想潮水，輕輕地、不受阻擋地向前流淌，我們無法改變或消減它的來勢，因為它來自於遙遠的某個無形源頭，就像一條穿過草地的小溪，是由來自於天空漂浮雲團之上的並降落在無名群山之間的雨水匯集而成。這種思考過程幾乎是不受生活中繁忙事件——我們的工作、活動、社交等影響的；但是，因為內心思想代表著獨特的自我，因此，它構成了我們人生的大部分，它比我們在大眾面前展現的人生真實得多。它包含著我們感受和希望的東西而非呈現出來的表象；而現實中，我們大都不會說出我們的內心想法，因此，彼此之間

01　聖方濟各（San Francesco d'Assisi, 1181～1226），生於義大利翁布里亞地區的亞西西，所以又叫亞西西的方濟各。25歲時，自己鑿石建教堂，成為方濟各會的創始人。會士恪行苦修，麻衣赤腳，宣傳「清貧福音」。他四十五歲去世後，被追謚號為聖徒。

前言

就容易產生隔閡。

　　本書中我所敘述的或試圖表達的正是我之所想，也是按我之認知方式呈現的；因為這是一本提倡樸素寧靜人生和快樂安逸人生的書籍，因此，我特地選擇在最忙碌的工作時間而非自由的閒暇時間來寫作，目的就是充分考驗一下我的內心感受。我認為，如果說我推崇的那種靜逸有什麼價值或者真的很重要的話，那麼它就應該是那種在工作、責任和瑣碎生活壓力下仍能意識到和珍視的靜逸。我還認為，如果那種靜逸之心能夠在這種條件下得以培養，那麼它或許才會真正具有在平靜無憂時日中所無法獲得的價值。

　　儘管那個時候好像總有做不完的事情，但我還是在工作、待客、教學、會議等間隙寫作，因此，該書完全是在繁忙事務之間的空檔中寫就。不過，書房窗外的那株高大的丁香樹一直陪伴著我寫作，在蔚藍晴空映襯下，它枝繁葉茂、幽香四溢，在清冽的春日裡一天天盛開著紫色的花簇；當北風如約而至，我的房間裡飄滿了吐蕊花蕾的馨香。有多少次，當我筆走龍蛇時，我會不自覺地欣賞一下那株丁香樹！又有多少次，我的思緒彷彿被窗外自由芳香的氣息從案頭帶走！而且，我感到我的內心似乎正在追隨著那株丁香樹的召喚 —— 雖然它清新的氣息和甜蜜的芬

芳我無法觸及！我是否也在努力，使我刻意假裝去喜歡的那種忙碌人生也變得如此繁花似錦，並讓它散發出典籍中所有的醉人芳香呢？

　　因為這美麗的花朵、迷人的色彩、醉人的芬芳就在眼前，我無法無動於衷。這是事實！我不是在捏造、渲染、誇張，不會把丁香樹讚美到發出玫瑰和紫羅蘭馨香的程度。我也不是在高調聲稱我忠實地履行了我書中提到的應該做的一切。那樣做就太造作無聊了，但對於著書立傳來說，在書中呈現一個人的希冀、夢想、渴望、願景，而非他乏味卑微的表現也許是再好不過的了。盡其所能吧！

　　即使是在最要好的朋友面前，我們也不會總是把我們心裡的真實想法全盤托出；這部分屬於我們自身的缺點，不見得是我們的見解有錯。也許是因為剛開始，我們這樣做時，就被人指責。朋友既不理解也不在乎，甚或認為那都是不真誠的，是做作的；於是我們感到一種被他人瞧不起的羞辱感，結果我們不再是我們自己，而成為了我們認為朋友可能希望我們成為的那個樣子；因此，他（這位朋友）逐漸了解到的並非是他所謂的事物的真相，而是他的一隅之見。

　　然而，自由之筆握於手中，聖潔白紙鋪展在眼前，一個人沒有必要不誠實地面對自己。我們必須重視自己的自

7

前言

尊，以虛假的方式來索取的自尊沒什麼價值。但是，即便
是最卑微的歷盡風霜的花朵也會盡可能地綻放 —— 實際
上它也一定會綻放。在鮮花這個民主的王國裡，就連蒲公
英也有安身一處的權利，只要它能找到一個地方，同樣可
以獲得表現的權利；即使它做不到這些，風兒也足夠慷
慨，會把它的冠毛吹向遠方的田野、森林和草地，最終融
進默默無聞的泥土。

1. 引言

———— 1. 引言

　　《亞瑟王之死》中的「樂園」城堡是蘭斯洛特爵士[02]靠自己的雙手為自己建造的城堡。那裡倉廩豐實，充滿快樂。那位受傷的騎士揚鞭策馬投奔的正是這座城堡，他向蘭斯洛特爵士講述了帕拉莫德斯爵士[03]的虐行和強奪；因此，蘭斯洛特常常衝出城堡去營救那些受壓迫的人，可謂俠肝義膽。

　　後來，蘭斯洛特又把他的城堡稱之為「悲傷園」，但那是因為他在城堡裡無所事事被驅逐出城堡；在他以死洗刷錯誤之後，人們把他的屍體運回城堡，城堡又恢復了原名（樂園）。蘭斯洛特死時，有個主教一直陪伴在他身邊，還給了他一個基督徒應有的一切禮儀。而就在人們出城去運回騎士屍體的那天清晨，當人們把這位主教從睡夢中喚醒的時候，他表現得很不高興，因為，正如他所說，他正沉浸在快樂安逸的睡眠中。人們詢問他為什麼那麼快樂，主教說，「就在夢裡我和蘭斯洛特在一起，和我們在一起的天使比我平常一整天看到的人還多。」所以，在那位偉大騎士的最後時刻能和他（的屍體）在一起是很棒的事！

　　我之所以賦予本人拙作「心靈樂園」之名，是因為書

02　蘭斯洛特爵士（Sir Lancelot），亞瑟王領導的圓桌騎士中的傳奇人物，也是亞瑟王忠心而得力的騎士，但他和亞瑟王的王后桂妮薇兒之間的戀情最終導致了圓桌的崩潰。

03　帕拉莫德斯爵士（Sir Palamedes），希臘神話中的英雄，希臘聯軍中最有見識者，國王瑙普利俄斯和克呂墨涅的兒子。他發明了燈塔、天秤、量度器和骰子等。為希臘人做了許多事情，卻沒有受到公正的對待。

中談及的也是一座用我們雙手能夠營造的「要塞」，只要我們注意不是在這裡慵懶無聊地徘徊，而是時時準備著躍馬出城去幫助人們，我們就能安心地居於其中。蘭斯洛特在他一生中對那種求助充耳不聞的唯一時刻是，他把自己封閉在城堡裡沉迷於讚美 —— 這是他唯一的罪過。正是那種罪過讓他付出了巨大的代價，讓城堡失去了它原有美麗的名字。但是，當罪人懺悔令天使快樂的時候，當人們唯一記得蘭斯洛特曾經是一個蓋世無雙騎士的時候，城堡又恢復了它原有的名字；毫無疑問，那個名字現在不再耀眼，就是一個再普通不過的名字，無論它可能叫什麼或在哪裡。

在《天路歷程》一書中，我們看到布道者（Interpreter）在他那個充滿諸多象徵和奇蹟的家裡多麼熱切地向朝聖者展示並解釋所有這些奇異象徵和安逸景致的含義。我不認為這破壞了寓言，相反，這恰恰使它發揮了更好的作用，也就是使寓言的深奧含義簡單化。

那麼，這座「心靈樂園」城堡是座美與樂的堡壘，如果我們想，我們每個人都可以做到。依仗權力是不可能走進城堡的，我們必須努力去贏得這座城堡；而且在當今這樣一個處處彌漫焦躁和煩擾氣氛的世界裡，如果我們能，我們應該去創造一個這樣的地方，在這裡我們說出我們的

需求，在這裡我們也許可以獲得我們需要的安寧和振作。我們在這裡擁有的絕不是那種無聊自私的快樂；它一定是煩勞、打拚和苦難過程的間奏曲，我們必須做好準備，在需要的時刻衝出城堡。當今，我們要營造一個這樣的精神堡壘是非常艱難的；而一旦建立起來後，它也可能會是危險的。因為它會誘使我們幽閉於安寧，只是從高高的窗子遠遠地眺望著城堡周圍的人生平原；它不僅將疾風苦雨阻擋在外，也使我們對那些受到傷害和不公的人們的哭喊和祈求充耳不聞。如果我們這樣做了，我們在城堡裡被撻伐的日子就會很快到來，我們將一敗塗地、顏面盡失地離開，終將去做已被我們忽略和忘記的事情。

　　並非唯一但卻很自然而然且有智慧的做法是，我們的精神面應該存在一個堡壘，在這裡我們經常與一些謙恭的、儒雅的、俠義的夥伴接觸——一些智慧而純粹的熱愛美的人們，如詩人、藝術家。如果我們甘願於被世間塵埃淹沒，就等於犯下一個大錯。我們不必對現世事實過分求完美，但是我們可以心懷感激地相信那不過是一種俗世的規則，我們真正的人生另有所屬，另在一片聖潔之地。如果我們在人生旅程中認為，爾虞我詐和不斷做事就是全部，那麼我們就失去了人生中振奮積極的精神，就如同我們拒絕人生中的苦難而失去力量一樣。但是，如果我們時

不時地光顧一下我們的「心靈樂園」，我們就能夠把那個地方的優雅、莊重和謙恭的好東西帶回到日常生活中。人生的目的在於，我們以一種健康謙恭的方式做些平常普通之事，伴以簡單雜事，表現出的不是高傲輕蔑，而是真正騎士般的全部熱誠與謙遜。

盡我所能，這本拙作即將闡釋我們如何透過滋養培育高尚快樂的思想以求達成自我幫助，但這種思想往往會像所有脆弱的東西一樣毀滅在冷漠無情與漫不經心中。我們當中有一些敏感、富有想像但生性怯懦的人，常常因為沒有對自己的平和人生做好規畫而失去改善的機會。我們哀嘆活得匆忙、壓力太大、身心忙碌，並大聲哭訴，「唉，但我也只能這個樣子了！」

現實中，之所以造成這樣的情況是因為我們希望到達的就是這樣一種狀態，根本不想去經歷前進旅程中的勞頓之苦！然而，如果我們願意，我們是能夠像聰明的特洛伊國王一樣建造出藝術般的城堡高牆的，而且也能夠給予恰當的維護；這只需要我們真誠地去做；我常常驚喜地發現，別人簡單的一句話或許會在一個人的思想裡扎根，會讓人在昏睡中快速清醒並表現出意想不到的鬥志。我這裡要表達的是我之所想，我這裡要指出的是我自認為清楚看到，座座燈塔固守在各條林蔭小路的盡頭，屹立在纏雜無序的森林之上，高雅而有序地發出光芒。

1. 引言

2. 思想解析

　　就如同在繁花吐蕊時節，當我們走進鄉野深處，呼吸著從果園或植物茂盛的原野飄來的縷縷馨香，如果我們還有尚存的智慧與思考能力，某些偉大的思想會情不自禁地闖入我們的腦海。

　　這些思緒碎片紛亂：其中一些美妙有趣，縈繞心頭；一些深沉凝重，神聖莊嚴；一些則直擊痛處，強烈至深。有些思想可能讓人感受到那種看不見的美妙與快樂，有些則讓人思考行為與責任的問題，有些關乎我們期望的人際關係或世道所迫的與他人的糾葛；一些是對悲傷痛苦的拷問。悲痛的意義何在？痛苦是否有更深的意義？精神是否超越我們的現實而不朽？但是，這些思想的呈現形式卻與眾不同，它們是在我們大腦與心靈深處的驀然閃現。我們似乎並未留意去思考，也找不到思緒源頭；即使是在我們讀書或傾聽的時候發現到這些思想，它們似乎對我們來說也不是全新的。我們意識到，這些東西是我們一直以來隱約感受到和察覺到的，而我們之所以常常感受到有種神祕的力量影響著我們，是因為這些思想似乎帶我們脫離自我，超越我們微小的眼界，進入到一種有如無邊大海之寬廣、落日天空之深邃的狀態中。

　　一些與社會建構有關的思想，也就是人類生活所處的那種聯合的人為和平環境，那麼它們就屬於政治思想；或

者它們解決的是數字、曲線、動植物分類、土壤、季節變換、重量和質量定律等問題的,那麼它們就屬於科學思想;有一些思想則與舉止、品行和素養相關,那麼它們就屬於宗教或道德思想。但是,有一類思想,確切而言不屬於這些範圍,但它們卻有著豐富色彩、悅耳曲調、人之形貌以及鏗鏘或甜蜜的話語等不同表現形式,以此與美的觀念連繫起來。而且,這種美感可能會更深入,可能會從其本質上被加以詮釋,當然這些本質不是從它們是否正確合理的角度來考慮的,而是因為它們的精緻和高尚並進,喚起了我們的讚美和渴望;這些思想是詩意的思想。

當然,對思想加以精確的劃分是不可能的,因為思想間存在著許多交錯和廣泛的交集。人類從茹毛飲血的遠古文明進化而來的漫長過程,天文學家有關太空中人類暢遊的言論,所有這些都可能激發詩意情緒;本質上說,也就是那種驚奇感。我不想用寥寥數語界定和釋義詩意情緒。我只是試圖說明它在我們人生中具有的或可能具有的那種影響,我們與它存在的或可能存在的關係,它可能對我們提出什麼樣的要求,我們是否能夠習得、培養它,以及我們是否應該這麼做。

2. 思想解析

3. 詩歌之本

　　幾天前，我拜讀了牛津大學詩歌藝術教授麥凱爾[04]先生的一本演講稿。麥凱爾先生一開始便講到自己是個詩人；他與一位著名的詩意畫家愛德華・伯恩瓊斯爵士[05]的女兒結為伉儷；他創作了《威廉・莫里斯傳》（*Life of William Morris*），這部作品我認為在語言上、結構上、嚴肅性及生動性方面都算是最優秀的傳記文學作品之一了；實際上，他的所有作品都有著詩意的特質。我倒希望，他甚至可以嘗試著把這種特質融入他在學校董事會的一些工作中！

　　在演講稿的前言中，他說道：「詩是悲傷憂慮和瘋狂激情的支配者；詩是充滿欲望和愛戀的青蔥歲月的夥伴；詩是年華漸逝中驅散人生磨難的力量——勞作、貧窮、痛苦、疾病、悲傷以及死亡本身；詩是伴隨一生的靈感，無論何時何地，它是發自人類最高尚動機和熱情的靈感，是發自榮耀自豪的靈感，是發自仁慈羞愧的靈感，是發自自由與無羈思想的靈感。」

　　從這些生花妙語中，可以看出麥凱爾先生對詩所做的一種極高和壯美的闡釋：無異於把藝術氣息、騎士氣概、

04　麥凱爾（John William Mackail，1859～1945），英國社學主義者、維吉爾研究學者、詩人、文學史家和傳記作家。代表作：詩集《惰性的愛》、《維吉爾研究文集》、《威廉・莫里斯傳》等。

05　愛德華・伯恩瓊斯爵士（Sir Edward Burne-Jones，1838～1898），英國畫家、圖書插畫家、彩色玻璃和馬賽克設計師。深受拉斐爾前派畫家和詩人但丁・加百列・羅塞蒂的影響，他的作品是當時統治英格蘭的浪漫主義流派的代表。

愛國精神、摯愛情懷、宗教信仰統統融為一體！如果這樣的闡釋得以被確立，那麼任何活著的人都沒有理由不心存詩性，因為它既可能是治癒人生創傷的良藥，又可能是激勵高尚追求的興奮劑。事實上，詩就是那種不可或缺的東西。

　　但是我認為麥凱爾先生沒有表達清楚的是 —— 他的意思是否是指，應當透過詩來詩意的表達這些偉大的思想，或者他的意思是否在說，思想的精髓比通常所謂的詩要廣闊和有力得多，而實際上它僅僅在詩中的某個亮點處得以被展現，就如同電的火花在幽暗冰冷的捲曲導線間跳躍著明亮熾熱的光芒。

　　我覺得有些令人困惑的是，他沒有更確切地說出他的詩歌定義。讓我們探討一下另一個有趣的帶給人啟示的定義。那是柯勒律治[06]的定義，他說，「與詩歌相反的不是散文而是科學；與散文相反的不是詩歌而是韻文。」我覺得這種說法似乎更豐富。它的意思是，詩是一種情感，或溫和或熱烈，但都可以用韻文和散文的形式表達；與詩歌相反的是非情感類的東西，如實體法律的精確說明；詩歌絕不是對情感的節奏性、韻律性的表達，而是情感本身，無

06　柯勒律治（Samuel Taylor Coleridge，1772～1834），英國浪漫主義詩人、文藝批評家，湖畔派代表。一生在貧病交困和鴉片成癮的陰影下度過，詩歌作品相對較少。儘管人生不濟，但他還是堅持創作，確立了其浪漫派詩人的地位。代表作：《古舟子吟》、《文學傳記》等。

論表達與否。

　　我並非完全對麥凱爾先生的觀點有異議，如果其意向所指是，詩是一種美好事物激發的狂熱情感的表達，無論那種美好是以泥土、花園、田野、森林、群山、大海、天空以及晚霞等形式或色彩呈現，還是以人的容顏和舉止之美呈現，還是以高尚隱忍或慷慨行為呈現。因為那就是詩歌的特質，無論它是一種思想還是事物，都應該賦予心靈一種美好，並在心裡喚起那種美好事物所應喚起的不同尋常的深沉渴望。很難定義那種渴望，但它確實是一種欲念，是一種去接近渴求事物、去擁有渴求事物、去為之振奮並為此存在的情感表達；這種情感和信徒看見崇高的主時產生的情感一樣，他說，「主啊，我們在這裡真好！」

　　實際上，我們很清楚什麼是美，或者說我們內心都有一個標準，可以本能地判斷所見或所聞之美；但那並非說我們對不同事物之美的判斷都能達成一致。有些人的眼界要比其他人的寬闊得多，讓有些人感到賞心悅目的東西對另外一些更學識講究的人來說很可能是粗鄙的、可怕的、庸俗的。但這並沒有多大關係，關鍵是我們自身具有對給予我們某種特別愉悅的美的理解力；即使在我們鬱悶、焦慮或痛苦時，它無法為我們帶來愉悅，但我們仍然能感覺到美本身的存在。我記得，在我長時間身體狀態不佳、精

神憂鬱時，我最大的痛苦之一就是看到了事物的美好卻無法去享受這種美好。當時，大腦的愉悅區域處於病態和疲態；但如果不是身體出了毛病而致使痛苦壓抑了愉悅感的話，我從來沒有懷疑美的存在和美對心靈的愉悅力量。

因此，詩就其本質來說是對美的領悟；那種美不僅僅是指所聞所見事物之美，更可能是居於思想和心靈深處之美，而且這種美不受外界觀念浸染。

3. 詩歌之本

4. 詩與人生

　　現在我想探討一下，對於我們大多數人來說詩是如何融入人生的；這是一個不容易說清楚的事情，因為一個人注重的只能是他親身經歷中的珍貴片段，而漫遊紀念廳廊，看到的無非是褪色的帷幔、一張張圖片以及高高掛在廊牆上的一幅幅肖像畫而已。我想有很多人，如果他們忽然遇到一張過去也許常常凝視過並曾心生愛意的面孔，而且發現這張面容忽然增添了些許新的嬌媚，如面頰的優美曲線或隨風舞動的長髮，這時詩往往會以愛的名義進入他們的精神世界；或者說，這一眼確實反映出了前所未有的某種東西，那是對某種可以分享祕密的感悟，那是某種驚慌與喜悅參雜的熱情流露，那種東西讓人明白兩人心心相印時會為彼此帶來無窮的快樂；接著就會滋生人們稱之為愛情的那種神奇的情感，這種東西往往在對相見的渴盼、對冷漠的憂慮、對取悅與表現的極度欲望中迷失方向；因此，也會產生各種的矯揉造作的不自然的行為。對於心緒冷靜的旁觀者來說，那似乎太卑瑣、太荒誕甚至太令人厭煩了；因為原諒對方能為自己帶來愉悅，所以選擇堅守；因為讓對方銘記會使自己產生快感，所以選擇退縮；這是一幕瘋狂熱烈和激情澎湃的戲劇，在這裡整個世界隱退成為了背景，對於陷在情愛的人來說，整個生命都融之於對另一個靈魂的喜憂參半的感受中，

愛人一句話勝過他人千萬言。

　　在這種情緒中，人們驚奇地發現，要想滿足那些表達的需求，普通的言談和正規的語言似乎無能為力。甚至沒有文學細胞也沒有品味天賦的年輕人也能回想起幾近遺忘的浪漫小說中的各種支離破碎的華麗辭藻；要應對一次如此振奮人心的經歷，這時的語言必須細膩，必須高貴。年輕的戀人如此自然地像背書一樣地講那些脫離現實而激情浮華的詞句是多麼地不可思議啊！在一些法律報告和一些涉及解除婚約的文案中，以及一些公開引述的激情四射的文學作品中，我們能夠多麼輕易地發現一種必然出現的充滿雕琢痕跡的韻調啊！這一切對於心智清醒的讀者來說不過是一種荒誕不經的自我陶醉。然而，就像鳴叫著的金絲雀的氣派和風度一樣，就像孔雀開屏一樣，就像火雞屏住呼吸昂首闊步一樣，這一切做的那麼自然 —— 目的是展現本身不具備的一種偉大與高貴，以求得關注、喝采和注意。平淡的言談不會有這樣的效果；這時的語言必須音韻鏗鏘，必須激昂奮進，必須熠熠生輝，必須華麗四射；炫技必須得以展示，優勢必須得以昭顯。勝利者吹著號角擂著戰鼓衝向勝利；接著也一定默默地伴隨著絕望以及對自己有失體面、笨拙無聊和表現卑賤所產生的擔心。每種敏感的情緒都是清醒的；甚至有著最沉靜最保守天性的人一

且受到激情支配也會變得疑慮和自戀，因為足以毀滅天性的激情太強烈了，以至於它完全戰勝了一切社會約束，赤裸裸地呈上靈魂，徹底屈從於失去控制的自我。

　　但是，除了這種強烈情感之外，也存在著許多比較內斂的方式，同樣的情緒、同樣的情感，只不過看成是一種自我感受，完全歸於內心。有些是受到了樂曲的感染，如各種旋律及幽深莫測和撥轉有節的弦樂，在管弦樂隊演奏時，那些大低音號發出沉悶低長的聲音呼應著跳躍起伏的弦樂無不觸動人心；在黃昏時分飄來一段甜美純淨的樂曲也會讓人有所觸動，沉沉暮靄中飄蕩著的花園馨香、靜謐中閃爍著的幽幽燈光以及沉浸在樂曲聲中的人們，所有這一切交融在一起讓人感覺身處一幅神祕的帷幔中，當我們驚奇於如此奇異美妙的景色時，無論我們身向何處去尋找那令人迷惑但舒心安逸的神祕之源，就是找不到答案！

　　有些人在看到畫作和雕塑時情感被激發，如某個德高望重大師的技法純熟的大作 —— 一片雜草斜出、峭壁崢嶸被疾風勁掃的沼澤，一條在暮色樹叢間微光隱現的深暗河流，肥沃的平原綿延到煙霧繚繞的群山之腳，奔湧的大海翻捲著巨浪；或者是一座四肢勻稱的雕塑面帶著朦朧的微笑，或帶著某種堅毅的太陽神般的神祕力量：所有這些對於人的感官來說都有著同樣難以言表的魅力，也許象徵著

曾經經歷過、愛過、讚賞過、期盼過、渴求過的那種心靈付出的努力，也許是試圖把曾經激情振奮又憂心忡忡得進而幾乎折磨殆盡的那種快樂記錄下來；對於許多人來說，這類情感透過詩意的文字和歌詠最能直接表達，以此講述經歷的快樂、忍受的痛苦以及無法實現的期盼和不知滿足的欲望；一些畫作可謂畫語人生，其呈現場景往往是我們曾經經歷過的昔日快樂心境，是讓我們抽絲剝繭留下最純粹的記憶中的幸福時光 —— 那俯視著遙遠無垠平原的寬闊山地，那陽光明媚的美麗花園，那冰霜覆蓋的勁草，那瑞雪壓枝的樹叢，那炫如火焰的秋日灌木，還有那傍晚時分陰鬱的森林，當黃昏沿著微光斑駁的長廊悄悄臨近，落日餘暉便清楚地穿過大葉水生植物間隙和輝煌的教堂塔尖間的空隙；這時精神象徵的意味更濃厚，因為它與心靈發生共鳴，它與熾熱的期盼發生共鳴，它與內心對力量、純淨和安逸的渴望發生共鳴，它與走近他人心靈而產生的快樂發生共鳴，它與自身的智慧發生共鳴，它與自身的高尚發生共鳴。

但是，所有這些不同感受的目的是一樣的；它們的影響在於能從精神面激發出活力快樂崇高、我們從中能夠得到的那份收穫以及我們自己個人期盼和命運的博大意義；那就是或許大體上可稱之為帶有詩意的所有思想的實際作

用；它們為我們展示了一種永恆、強大和美好的東西，一種具有難以征服活力的東西，一種在當下的昏暗中，把自己明確地樹立為一面旗幟，讓我們能夠攜手並加深交流的東西，一種我們本能感到的是世界最真實展現的東西。看到這樣東西，我們應該意識到我們墮落於更自私、更無聊、更枯燥的人生事業，只是我們真實存在過程中的插曲而已，我們之所以墮落於此，不是因為其有實際價值，而是因為我們要磨練我們遠離這種天堂般美景的勇氣和渴望。人們對美好事物、沉靜心靈、完滿人生越渴望，他們的人格就越高尚，他們就會越接受他們人生中的默默無聞和謙恭禮讓，因為他們正信心滿滿地期待著一個更純潔、更高尚、更平靜的人生，我們所有人都在奔向這個目標的路上，無論我們是否意識到這一點！

5. 藝說詩歌

　　我常常收到一些有抱負的年輕人的來信，裡面都裝有他們寫的詩，他們主要是徵求我對他們作品的意見。這類信一般都會說，除非人們肯定他的詩有點意義，否則作者會感到幾乎沒有繼續寫詩的價值。這種情況下我的回答是「答案就在於此！」如果詩看起來沒有價值，如果實際上詩不是壓抑不住表達欲望的結果，那麼確實沒有寫的價值。另一方面，如果那種欲望真的存在，就像任何其他藝術表現形式一樣寫詩也是值得嘗試的。一個喜歡畫水彩畫的人不會因為擔心他也許成為不了學者而不去畫畫；一個喜歡用鋼琴演奏曲子的人沒必要因為無法因公眾演出賺錢而停止演奏！

　　在所有文學表現形式中，詩是最不可能給人帶來榮譽和金錢的。大多數有點寫作天賦的聰明人都很有可能發表一些散文。但是沒有人想要低劣的詩歌；編輯們也怕避之而不及，因此，這樣的詩作沒有市場。

　　我本人寫了很多詩，也出版了許多詩作，因此我才可能勉強地談此話題。實際上我有七八年非常努力地創作詩，而沒怎麼創作其他文學作品，出版的詩歌作品只是我創作成果的一小部分而已，我的很多詩作現在還是手稿。我沒有取得特別的成就。我的一些拙作還算得到了承認，我銷售掉了幾百本；我甚至還把幾首詩間插在一些選

集中。雖然我已經徹底不再碰詩歌，雖然我再也不可能去索取詩人的名號，但是我一點也不後悔曾經為之投入的那些美好歲月。首先，那是一種強烈的創作快樂。那些節奏、那些格律、那些語言、那些韻調，所有這一切都帶給我一種沉迷其中的愉悅。寫詩培養了我瞬間的觀察能力 —— 我的詩大多是關於大自然的 —— 有助於我理清鄉村風景、群山、森林、野花甚至昆蟲的主要特點和美麗所在。還有，寫詩也真正培養我對字句的把握；它讓一個人懂得什麼樣的用詞是悅耳的，什麼樣的用詞是感人的，什麼樣的用詞是有效果的；由於寫詩需要根據格律確定用詞，因此就會不斷提高一個人的詞彙量和應用這些詞彙的能力。當我回過頭來創作散文時，我發現我比之前擁有更多且更靈活的詞彙量；當然，詩的語言與散文的語言完全不一樣 —— 很遺憾，這兩種文學形式的用詞方式在英語語言中表現的很不一樣，而在其他語言中並非總是這種狀況 —— 這使得寫華麗和精巧的散文變得相對容易；寫詩還給人一種形式感；一首詩必須具有某種形式上的平衡和相稱；因此，當一個寫詩的人轉而寫散文時，一個主題很容易被分成幾部分而且各自都有整齊的形式和高潮。

但是，這些都說的是寫詩帶來的成果和衍生的益處。寫詩的主要原因也一定是樂於而為，在想到一個美的主題

時欣喜而為，在盡其所能優美而微妙地表達時愉悅而為。我放棄寫詩的原因正如威廉‧莫里斯[07]曾經對自己評價的那樣，「僅僅為創作詩而去創作，對於我這個年齡和閱歷的人來說是一種犯罪！」

一個人的詩意靈感在二十七歲左右會很快枯竭！

這時，一個人開始用一種不同的方式思考經歷，不再是一系列的於昏暗背景中凸顯出來的輝煌亮點和畫卷，而是一種豐厚圓滿的東西，就像一個繽紛繁雜的大世界，其中的東西如果說不上美麗但一定意義非凡。那並非因為人生中的奇跡與曼妙少了；而是因為人生更溫和、更曲折、更神祕了。這時的人生不再像大海有時候激起滔天巨浪，而是平和地向前，一波一波地滾向目光所及之遙。

那麼，這時候詩歌形式對於一個想急切傾訴一切的人來說就會顯得狹小和局限。一個人年輕的時候，他所經歷的人生多是為了那些偶爾美化人生的情感，有時還帶著一種絢麗奪目的色彩；沒有時間去感受悠閒、幽默、平和。但是，隨著我們年齡的增長，我們意識到詩意情感只是許多力量中的一種，我們的同情心也會不斷增加而且擴大到更多方面。在過去，一個人很可能會對平和安靜、缺乏趣

07　威廉‧莫里斯（William Morris，1834～1896），英國一位傑出的積極浪漫主義詩人、小說家，設計師和空想社會主義思想家。是英國工藝美術運動領導人，拉斐爾前派的主要成員。代表作：《夢見約翰‧鮑爾》和《烏有之鄉》等。

味和不易動情的人沒有耐心，但是現在很明顯絕大多數人過著樸素簡單的生活；一個人要想更透徹地了解他們的思想，他就需要明白樸素簡單之物的價值；由此，他的感受會變得更廣更深，他的經歷就如同波光四溢的小河而非跳躍晶瑩的噴泉。人生匯集無數河流，並不斷湧入新鮮物質；一個人開始明白，如果詩不是對人生最精細最美妙的解釋，它也就不會總是最完滿的或最深刻的。

如果我們看一下詩人們的人生經歷，我們往往也會發現他們的靈感是怎樣衰敗的。米爾頓[08]在沉迷凡塵俗事的一段生活後，確實在中年階段創作出他盡顯才華的詩篇。華茲華斯[09]一直創作，直到生命最後時刻，但是他的所有佳作也都是在大約之前的五年間創作的。丁尼生[10]一直筆耕不輟，但是他的後期作品很難與他四十歲之前創作的作品相媲美。勃朗寧[11]是一位作品頗豐的詩人，但是，除了

08　米爾頓 (John Milton，1608 ～ 1674)，英國詩人、思想家、政治家和民主鬥士，英國文學史上最偉大的六大詩人之一。他是清教徒文學的代表，一生都在為資產階級民主運動而奮鬥，代表作《失樂園》與荷馬的《荷馬史詩》、但丁的《神曲》並稱為西方三大詩歌。

09　華茲華斯 (William Wordsworth，1770 ～ 1850)，英國浪漫主義詩人，桂冠詩人。其詩歌理論動搖了英國古典主義詩學的統治，有力地推動了英國詩歌的革新和浪漫主義運動的發展，是文藝復興運動以來最重要的英語詩人之一，其詩句「樸素生活，高尚思考」被作為牛津大學基布爾學院的格言。

10　丁尼生 (Alfred Tennyson，1809 ～ 1892)，英國著名詩人之一，是華茲華斯之後的英國桂冠詩人，代表作：〈尤利西斯〉、〈伊諾克·阿登〉、〈過沙洲〉和〈悼念集〉等。

11　勃朗寧，(Robert Browning，1812 ～ 1889)，英國詩人、劇作家，代表作：《戲劇抒情詩》、《環與書》，詩劇《巴拉塞爾士》等。

偶爾誕生一篇精彩的抒情詩外，他的後期創作幾乎把他的
寫作缺陷暴露無遺。柯勒律治很早就放棄了詩歌創作；拜
倫[12]、雪萊[13]、濟慈[14] 都屬於英年早逝。

　　濟慈的《書信集》也許比任何其他現存的文獻都能更
生動更真實地詮釋一個詩人的思想與心靈。透過這些純淨
真誠的書信，人們看到的正是詩性天賦的本質，也正是詩
歌奇葩綻放的土壤。之所以說其不同凡響，是因為它是
那樣十足地理智、質樸和不矯揉造作。常聽到人們說，這
本《書信集》讓人聯想到的是一位普通的居於郊區的年輕
人形象，他的朋友粗野，社交圈平庸，但他卻有著不同尋
常和無與倫比的才華。然而，正是那樣一種背景才形成了
至高無上的吸引力。濟慈以其非凡的謙遜態度接納他所處
的環境、他的朋友以及他的責任。他從不抱怨未被賞識和
被過低評價。他的平庸之處，如果說有的話，並非是才能
上的缺陷，而是他對那些患難與共的人們報以過濃的人情
味。但是，時不時地也會噴發出劇烈的激情與美感，一種

12　拜倫（Lord Byron，1788～1824），英國偉大的浪漫主義詩人，代表作：《恰
　　爾德·哈洛爾德遊記》、《唐璜》等。他不僅是一位偉大的詩人，還是一個為理
　　想戰鬥一生的勇士，參加了希臘民族解放運動，並成為領導人之一。
13　雪萊（Percy Bysshe Shelley，1792～1822），英國著名浪漫主義詩人，被
　　認為是歷史上最出色的英語詩人之一。是英國浪漫主義民主詩人、第一位社
　　會主義詩人、小說家、哲學家、散文隨筆和政論作家、改革家、柏拉圖主義
　　者和理性主義者，受空想社會主義思想影響頗深。
14　濟慈，（John Keats，1795～1821），英國傑出的詩人作家之一，浪漫派的
　　主要成員，與雪萊、拜倫齊名。代表作：〈聖阿格尼絲之夜〉、〈夜鶯頌〉、〈致
　　秋天〉等。

在平凡聖壇上耀眼升騰著的聖潔的、噴薄的、熊熊的靈動之火。

　　因此，他才會寫道：「今早詩性不能自制 —— 我已經墮入那些抽離現實的狀態，那是我唯一的生息 —— 我感覺我從一種新奇險惡的悲痛中逃離……。我心中暖流湧動，如同承載著永恆與不朽。」他還寫道：「隨著想像力的昇華，我每天越來越感到我不是單單地生活在這一個世界裡，而是出現在上千個世界中。」還說：「我喜歡所有事物中美的精髓。」

　　從這些文字中可以看出人與人之間不僅僅存在著活力與激情上的差異，而且在一個詩人的頭腦中確實存在著某種常人缺乏的特質，一種深刻悟性與情感心緒的融合，這種融合可以即刻本能地化為詩句。

　　誰都知道，對於詩人最重要的是他的詞彙及運用能力。我毫不懷疑，有許多人被自身充沛的審美力弄得心神不寧、欲罷不能，他們的情感既強烈似火也溫柔如絲，但是他們就是沒有直抒胸臆的詞彙，而這種詞彙一定要像蜂蜜從裝滿的罐子中溢出來那樣自然。那就像雕塑家或音樂家具有天分一樣，也是智慧的生機勃發和靈光閃現，絕不是笨拙痛苦地堆砌詞藻，而是將思想自然融入到好詞佳句中。

　　我所知道的對此最精妙的解釋是雪萊的詩〈為詩辯護〉中的一段話。他說：「人不能夠說，『我要作詩』——最偉大的詩人甚至都不能這樣講；因為創作中的思維就像火焰漸熄的木炭，某種無形力量像斷續的風使木炭閃爍短暫的光亮。那種力量來自於內部，像花朵顏色一樣伴隨著成熟而衰退和改變，因此，我們天生的那些感悟能力都無法預知這種力量的到來和消失。當創作開始時，靈感就已經走下坡路了。」

　　我篤信詩歌是真正的美。最棒的詩句是在瞬間激情中寫出來的，很可能不需要再斟酌再潤色。例如，我們知道濟慈是如何在一個春日的清晨在漢普斯特得的一個果園裡草就〈夜鶯頌〉的，當時沒太在意，結果是他的一個朋友從他一大卷手稿中把它拯救出來。當然，詩人的寫作手法也各有不同；但是，有一點也許可以肯定，如果第一稿就不是佳作，那麼這首詩也不會透過之後的加工而成為名篇。實際上就有一些像羅塞蒂[15]和費茲傑羅[16]這樣的詩人，他們謹慎雕琢修改，結果把本來不錯的詩作變成了次品；

15　羅塞蒂，（Dante Gabriel Rossetti，全名丹蒂·加布里埃爾·羅塞蒂，1828～1882），出生於英國維多利亞時期義大利裔的羅塞蒂家族。英國畫家、詩人、插畫家和翻譯家，是前拉斐爾派的創始人之一，代表作有十四行詩集《生命殿堂》。

16　費茲傑羅（Edward FitzGerald，1809～1883），英國詩人，主要貢獻是把波斯詩歌的傑出代表作《魯拜集》翻譯成英文。「魯拜」即波斯語四行詩，格律形式與中國絕句類似，原作者為十二世紀波斯詩人海亞姆。

其實，好詩的第一稿通常就是最棒的。一首詩有時候透過刪節得到昇華，丁尼生的例子最能說明問題，他放棄的一些詩節曾經在他的〈生平〉中再現，我們從中可以看出他對於至美至純事物的判斷有多深的天分。一個優秀的詩人永遠不會像一個平庸的詩人那樣，為了一句的妙而葬送全詩的好。丁尼生用一種巧妙常見的意向做了說明，他說一首詩必須像扔到地板上的削掉的蘋果皮一樣有它自己的某種曲線變化。它必須有一種完美的推進與發展，因此，有時候要想實現這一點，最好是刪除那些使思想脫離初衷設計的詩節。

但是，如果詩人太常寫詩，就一定會造成在他沒有靈感的情況下仍然寫作以滿足筆耕欲望，這種作品價值可想而知，華茲華斯就常常處於這種狀態。這樣的詩往往只有文學味而沒有詩性，這種缺乏詩性的詩沒有存在的意義。

如果我們賞讀一部像羅塞蒂的《生命殿堂》那樣的作品，我們就會發現某些十四行詩真的如同秋日清晨的金色陽光，散發出那種獨特的清新與亮麗；而許多十四行詩卻讓我們感到緩慢而華麗的推進，就好像是由某種造詩機器創意而出。我感到有趣的是，在研究《生命殿堂》時發現所有最優秀的詩篇都是早期作品；當我後來研究他的手稿時，我驚異地看到他創作時的大量備選詞句。例如，有不

下八九個像「不可傳遞的」或「糾纏不清的」等意境高遠卻影響詩句推進的詞彙擺放在那裡，而無法在恰當位置表達恰當意思；因此，雖然那些詩句似乎帶著一種獨有的富麗堂皇的韻律感，卻因過分追求詞彙音節結合而失去了它們的穿透力，當然那只是在堆砌而非自然天成。羅塞蒂關於詩歌的至理名言是「詩歌的根本是腦力活動」，這一思想讓他誤入歧途。腦力活動當然是基本的和本能的，但它一定是在詩歌構思前就已經具備了的；大多情況下，詩人是透過屏棄那些已經掌握的約定俗成的情感表達寫作方式來獲得詩歌寫作能力，因為這些精心設計的寫作方式本身不可能產生偉大的詩歌。對詩歌加工的腦力活動常常只會弱化詩歌的效果，而羅塞蒂恰恰在這個方面徒勞地耗費精力。

濟慈在寫作他的《恩德米翁》(*Endymion*) 時視野較寬、觀點大膽。「我要無拘無束地寫作，」他說。「我一直都無拘無束地不參雜評斷地寫作了。我也許在此之後會無拘無束但有所評斷地寫作。寫詩的才能是一個人本身具有的天賦。它無法透過準則和規誡獲得，而只能透過天賦本身的感受和敏銳獲得。」

當然，卓越的技能還是需要的；但那並非是僅僅透過實踐而獲得的技能，而實際上是一種一開始就具備的技能，就像莫札特，八歲的時候就能夠演奏只有技藝高超

的大師才能演奏的曲目。那種技能不是透過訓練就能習得的，那種眼睛與手指的敏捷配合絕非像小燕子學習飛翔就能獲得的那種技能；它已經存在，需要做的只是把它發揮出來。

因此，毫無疑問，一個人是不可能透過動腦就能成為詩人的。他也許能夠創作出感人的韻文，但也就如此。柏拉圖說過，詩是一種神聖的感受，或許就是某個沉默不語的女性先祖的強烈情感與某個不善詩情的男性先祖的表達技能結合而產生的某種奇異的遺傳特徵融合體。這個結合過程是未知的，但未必是不可知的。

當然，如果一個人的靈魂中有詩，那麼他會極其渴望用語言把它表達出來，因為人類會帶著對美麗幻想的強烈追求而賦予這位偉大詩人極高的榮譽，並會在心裡把他放在最高的位置。一個人會多麼希望這樣闡釋人生，多麼希望能把那美好感悟迅速傳入那些充滿嚮往的頭腦，多麼希望為愛情、希冀和思念譜上詩曲，多麼希望能讓人感知到表象之下的大義、溫柔和深刻並以此來激勵那些憂慮的心靈啊！那是我們需要確信的東西 —— 我們個人存在的意義，我們個人應得的那份快樂；當我們的人生陷於重重迷霧和淒風苦雨時，詩人會教導我們等待、希冀、崛起和付出愛心。也許，那就是詩能為我們所做的最偉大之處，它

讓我們安心，啟迪我們，使我們愉悅前行，它指導我們信仰上帝，即使祂的光輝被掩蓋在災難禍患之下或被淹沒於悲傷沉重之中，抑或被哲學家和牧師們所誤導，抑或被人類錯誤行為所嚴重歪曲。

6. 德藝之辯

關於藝術與道德之間的關係以及藝術家或詩人是否應該儘量予人以教義，一直都存在著爭論，就如同正在脫毛的羽毛球敲打在球拍上發出悅耳的聲響。這種爭論並無害處，因為參與人廣泛而且各抒己見。答案是非常簡單的。藝術與道德是在各不同領域中都可展現出來的美；至於藝術家是否應該努力教導於人，這個問題可以從一個普遍的認知中得到大致的答案 —— 沒有藝術家努力想著教育人，因為他們都知道：無論希望與否，一個對一切都報以嚴肅態度的人不可能有助於教導人。

高尚的藝術與高尚的道德是非常相似的，因為它們都追求美的法則，但是藝術家追求的方式是可見的有形的，而道德家追求的則是現實人生中的行為與關係。藝術家與道德家永遠是一對互相誤解的冤家，因為追求任何藝術的人都可能不自覺地認為這種藝術就是這個世界上最值得做的事情，而且心靈美好的藝術家會覺得自己的行為不會出現問題，也沒有必要勞心勞力地去探究和約束自己的行為；但是，熱衷於追求美德之美的道德家則會認為這位藝術家就像個孩子在玩他的玩具，沒有把握住人生中的真情實感。

關於這個話題應該聽一下希臘人怎麼講，因為希臘人曾經都熱衷於探討人生問題，而且一切都以美的標準加以

判斷。當然，猶太人至少在早期歷史中對行為準則問題也表現出同樣強烈的興趣；但是，如果不賦予以賽亞[17]藝術家頭銜和《約伯傳》(Book of Job)作者之名，就如同否定柏拉圖對道德品行的興趣一樣荒謬！

眾所周知，柏拉圖對於詩人創作所持的態度有點兒古怪。他說他必須把詩人排除在他的理想世界之外，因為他們是虛幻現實的宣導者。但是，他在思考的那種人又與我們所謂的詩人完全不同。他認為詩人是為某類主顧服務的人，而且是在以虛假的榮耀與莊嚴來掩蓋他僱主的暴虐與卑鄙；抑或，他還認為劇作家是一群為了榮譽和金錢對普通大眾的感傷柔情加以利用的人；而且，他也對那些為了吸引劇院觀眾而渲染悲劇情緒的作家報以冷眼。

在這個方面，亞里斯多德與柏拉圖的看法不同，他認為詩歌不完全是道德說教，而是啟迪思想去考慮道德問題。他說，在觀看一部戲劇時，雖然觀眾可以說透過演員表演經受了心理上的磨難，但他們同時也直接地（如果不是有意識地）學到了道德之美。讓我們再看一下我們伊莉莎白一世時代的人，在他們的戲劇和詩歌裡根本沒有證據表明他們當時思考了道德問題。現在沒有人知道莎士比亞當時是否有宗教信仰，或者宗教信仰是什麼；然而，莎

17　以賽亞 (Isaiah)，《聖經舊約》中的人物，是《以賽亞書》的作者。生活在西元前 8 世紀，以先知的身分侍奉上帝 (耶和華)。

士比亞似乎對於男女的罪過和情感持有的是完全不帶個人色彩的觀點，這種態度高於過去所有的作家。在莎士比亞作品中沒有人被嘲笑、被批評或被譴責；一個人自己去看去評判劇中的反面人物和流氓無賴；一個人感受到的可能是對這些人物某種程度上的同情；因此，對於戲劇效果來說，那樣也許才是藝術巔峰。

　　但是，在當下，也許也包含為數不多的小說家在內，詩人真的是一種有著非常之獨立思想的人。我談論的不是那些為迎合潮流而卑鄙粗俗寫作的人。他們也會獲得回報；但畢竟他們不過就像江湖騙子，表演的目的就是在場中弄點小錢。

　　但是，詩人的聽眾寥寥無幾，除非他是一位很著名的詩人；而且即便他很著名，他的回報也很可能是微不足道的、少得可憐的；而一心要成為一名詩人即使是無名詩人，這種理想也許是一個人能做的最幼稚的事，因為他會因此而招致嘲笑；實際上，如果說現在世道上有一種不良跡象的話，那就是人們願意傾聽政治家、科學家、商人以及記者們的話，因為這些人能夠引起轟動或甚至帶來物質利益；但是，人們不會聽詩人「胡言亂語」，因為他們對於大眾的快樂沒有多少用途，而這些普通快樂的思想還恰好是構成人生最愉悅的部分。

毫無疑問，我已經說過，沒有藝術家會處心積慮地要教導人們，因為那不是他的工作，而且一個人要成為優秀的藝術家只能不斷關注自己的事業，一個會產生美的事業；當一個人開始試圖創造教育人的作品時，他就已經脫離了主軸。但是，在英格蘭，近期一直存在著一種非常顯著的道德與藝術的融合趨勢。拉斯金[18]和勃朗寧是最有力的證據，說明有的藝術家可能以一種藝術的方式熱切關注道德問題；然而與此同時，我也肯定地說過，如果一個人對美有強烈的追求而且盡其所能給予呈現，那麼他就會不自覺地教導了那些尋找美並需要指明方向的人。

　　真正教育人的精髓是使得深刻和費神的東西變得簡單、令人渴望而且散發著美。一個教師並非是提供知識獲得的捷徑或者僅僅把智力有缺陷的人培養成擁有其他優秀品格的人。所有真正教導的本質是一種靈感啟發。拿一位偉大哲人的例子來說，如阿諾德[19]或喬伊特[20]；阿諾德在他學生的心靈裡點燃的更是一種道德精神之火而不僅是知

18　拉斯金（John Ruskin，1819～1900），英國作家、藝術家、藝術評論家，前拉斐爾派的一員，是一位天才而多產的藝術家。他一生為「美」而戰，文字優美、色彩絢麗、音調鏗鏘，有關藝術的代表作有《現代畫家》、《建築的七盞燈》等。

19　阿諾德（Thomas Arnold，1795～1842），英國近代教育家。1807年入溫徹斯特公學。代表作：《羅馬史》和一些佈道文章。其子馬修‧阿諾德是著名的詩人和評論家。

20　喬伊特（Benjamin Jowett，1817～1893），英國學者、古典學家、神學家，十九世紀英格蘭最偉大的教育家，他以譯介柏拉圖作品而聞名於世。生前擔任過牛津大學巴里奧爾學院院長。

識才智之火；喬伊特則非常智慧地在那些無聊陳腐的詞彙短語中注入一縷啟迪想像的光輝，讓人感覺到它們只是一些思想的具體表達形式，但其中傳遞的思想還是非常精彩和美好的。這種教導人的奧祕只能意會無法言說，但它確實是一種很高層次的藝術。有很多人深深感知到知識的啟迪而且也熱切地追求，但就是無法將這種智慧之光傳遞給別人。就像偉大的藝術家可能畫一幅我們已經看過一百次的很平常的風景畫，但是他可能在畫中融入某種神祕的東西，這種東西遠遠超出眼力所能達到的水準。一個很優秀的教師也會有這樣的表現，他讓人感受到思想是與人們的高級情感緊密連繫的有生命的東西。

因此，真正的詩人，無論他寫詩歌還是小說，他都是人類導師中之佼佼者，這並非因為他培養訓練思想，而是因為他能使他描述的東西看起來非常美好而且令人嚮往，以至於我們願意去進行了解那些奧祕所必需的培養和訓練。就像柏拉圖說的那麼美妙，詩人說出了「那種如微風吹拂一樣觸碰心靈的美，不知不覺中讓整個靈魂浸入理性說辭的和諧之美。」那麼，詩人的任務是「探求人生最簡單樸素的準則，排除錯綜雜亂，透過熱烈明快地激勵人們高尚而寬厚地生活來給尚未墮落的時世發展注入新活力，揭示默默藏在人心中的祕密希冀。」

你的青春時代應該充滿雄鷹一樣的銳氣 —— 那是我們所有人都希望的！確實都有此感，要獲得快樂，一個人能夠做到的最好方式是盡可能長時間地保持年少時期的熱情不變，因為那時的一切是那樣的趣味盎然、激奮刺激，充滿著新奇與歡樂。為數不多的人有著一種韌勁，一生中始終保持著那股精神活力。我記得，羅伯特・路易士・史蒂文森[21]的一個朋友曾和我講過，有一次，史蒂文森一個人在倫敦，雖然病得很重，但還是在我朋友的一次孤旅啟程前夜來看望他；我朋友要在第二天一個人去旅行，因此到儲藏室去取出他的行李箱；史蒂文森像孩子一樣乞求我的朋友，允許他陪著一起到儲藏室，他坐在一把要散架了的椅子上，周圍是堆積的雜物，那種情景散發著一種絕美的浪漫氣氛。但是，那種熱情活力，伴隨著年齡增長在我們多數人身上已很難再找到了；因此，我們現在需要考慮的是如何讓顧慮鬱悶遠離，如何避免因無聊負重而淪落為僅是趕路的疲累的旅人。那麼，我們不能尋求一些良方，去重新喚醒逐漸泯滅的情感，去重新燃起我們少年時期的激情，去戰勝我們人生中的淒涼寂寞、日常瑣事、陳腐無聊嗎？

21　羅伯特・路易士・史蒂文森（Robert Louis Stevenson，1850-1894），出生於蘇格蘭的愛丁堡。小說家、詩人和旅遊作家，英國文學新浪漫主義的代表之一。代表作有《金銀島》、《化身博士》、《兒童詩園》等。

　　答案是肯定的，這是可能做到的，只要我們付出的努力不亞於我們追求自我安逸、節省金錢、擺脫貧窮時所付出的努力。情感貧窮是我們許多人都擔心的事情，但是，如果我們渴望收穫，我們就一定要有投入。我曾經說過，我們許多人被禁圇於我們枯燥倦怠的教育。但是，即便如此，那也不是憂鬱沉淪的藉口，也不是喪失信心進而洩氣地遊蕩於布滿艱辛塵世的理由。

　　一個出色的人生導師有著超凡的能力，他不僅能夠激發最聰明的頭腦中最智慧的潛力，而且還能夠令智力尋常的人信服知識的趣味和價值所在。如果我們沒有機會親耳聆聽這些偉大導師的教誨，那麼我們現在應該做的就是，去接觸了解他們偉大的思想。我們也許不必要馬上就碰撞出火花，而且這個過程或許還會發生不愉快的摩擦；一個人無法為別人規定道路，因為我們肯定都會沿著自己利益所在的狹窄小徑前進；但是，我們肯定能夠發現某個令我們重生讓我們振奮的作家。如果我們持之以恆地讀其作品，我們會發現小徑在慢慢地開闊變成一條通暢大道，而且周圍的風景也會漸行漸清楚。幸運的是，世上並不缺乏好的建議，如果我們發現自己無能為力，我們可以去諮詢他人，向某個人求助，他也許有不俗的觀點，他也許有飽滿熱烈的激情，他也許能夠仁慈寬厚地處理生活難題。這

是可以做到的,就像我們發現自己身體出現問題去諮詢一位醫生一樣;在這一方面,我們僵化封閉的盎格魯撒克遜人[22]就常遭詬病,因為我們不能允許自己直率地談論一些這樣事情,不能主動求人,不能尋得幫助;那樣做對我們來說似乎就是一種魯莽無禮和顏面盡失;但這實際上是一種無聊的顧慮,只能成為一種扭曲的虛榮,然而這種掩蓋真實自我的、無聲鬱悶的自尊卻往往表現的很完美。

我希望大家能有一個共識,我們應該實實在在地行動起來;正如愛默生[23]曾帶著一種常識性的認知和理想主義情懷豪邁地說到,「駕上我們的馬車向星星出發。」我們很容易在朦朧的感傷主義中迷失自我,我們很容易相信就是我們有限的條件阻止我們成為一個很棒的人。我們也很容易成為無可救藥的物質主義者,也很容易相信枯燥沉悶是人類注定的命運。但是,思想的王國是無拘無束的,有一百扇門會向我們敞開,只要我們願意去敲門。再說,這個王國不像現實中人滿為患的國家;它無邊無際,到處是

22　盎格魯撒克遜人,不是一個民族,通常是指西元五世紀初到 1066 年諾曼征服之間生活在大不列顛島東部和南部地區的文化習俗上相近的一些民族。本文此處是指英國血統的人。

23　愛默生(Ralph Waldo Emerson,1803～1882),美國散文作家、思想家、詩人。1837 年愛默生以《美國學者》為題發表了一篇著名的演講辭,宣告美國文學已脫離英國文學而獨立,告誡美國學者不要讓學究習氣蔓延,不要盲目地追隨傳統,不要進行純粹的摹仿。這篇演講被譽為美國思想文化領域的「獨立宣言」。他還是超驗主義的領袖,代表作:《論自助》、《論超靈》、《論補償》等。

未開墾的土地；我們只需要表明我們的訴求；之後，如果我們能夠百折不撓，我們就會發現我們的「心靈樂園」真的在我們的周遭逐步開展 —— 還有別的什麼地方值得我們建立城堡嗎？這座樂園有著塔樓山牆的壯麗、幕牆城垛的威嚴、柱廊庭園的優美和廳堂廊道的宏大；這是我們自己建造的伊甸園。此後，也許那位騎士會從暮靄沉沉的森林中孤寂地躍馬而來，進入我們的樂園城堡和我們作伴；也許那位流浪的藝人會帶來他的豎琴；我們也許甚至會接待其他一些來訪的客人，就像那個夜晚在幔利平原[24]站在亞伯拉罕[25]帳篷門口的那三個人[26]，關於他們的名字和家系無人問起，因為答案對於凡人來說偉大得震聾發瞶。

24　幔利平原，出自《聖經》，指的是靠近希伯倫的幔利樹叢，也就是以色列祖先亞伯拉罕居住地亞摩利人幔利的橡樹。「幔利」在原文的意思是「肥美」、「剛強」。

25　亞伯拉罕（Abraham），猶太教、基督教和伊斯蘭教的先知，是上帝從地上眾生中所揀選並給予祝福的人。同時也是傳說中希伯來民族和阿拉伯民族的共同祖先。

26　「亞伯拉罕帳篷門口的那三個人」，在《聖經》中該三人指的是天使。

7. 找回自我

　　文學描述的美好是一種高貴的東西，只有透過大量的鋪墊並精心選擇某些時刻才可能得以展現，這種東西就像沒人知曉演奏者的弦樂音樂會一樣，它的樂曲飄過某個醉人花園的門廊和爬滿藤蔓的高牆撞擊人的耳膜，那麼，人生的奧祕就是那種文學描述的美好嗎？當然不是。那是一種藝術本質的縮影，在現實人生中，愉悅的聲音、香濃的氣息、和煦的天氣和甜美的陪伴交融在一起的時刻鮮有發生，那樣的時刻太美妙了、太令人嚮往了，因此，對這種神祕的極樂世界的追隨者就開始計劃和渴望那樣的時刻，並因為這樣的時刻遲遲不來而活得不開心。

　　如果藝術、文學不能使人產生品嘗擁抱人生的新渴望並回到現實生活中去的話，那麼它們就一錢不值。有時候，在陽光明媚的天氣裡，我會坐在窗邊的椅子上寫作，這時，籬笆圍牆、高高的櫬樹、小教堂石磚屋頂在蔚藍天空的映襯下在我的眼睛聚焦處縮為一幅美麗的畫卷，它令人陶醉，讓人感覺即便到外面實景處觀賞都不會有這種效果。我們喜歡欣賞這樣反射和框定的事物，我們曲解了人生；我知道我們局限於天性，傾向於從眾多經歷中選擇和分割某些經歷並用那種方式理解它們。但是，我們必須學會避免如此傾向，要知道如果生活中的某個片段經過如此安排框定後都這麼美好，那麼它本身一定會更美好。我們

一定不要全依賴那些聰明之人的闡釋 —— 也就是偏技術性的觀點。如果我們從一位聰明的說教者或詩人那裡學得了部分人生的標準和價值，那麼我們很可能在其他方面也以此行事；我們一定要學會自己一個人前行，永遠不要像一個無助的孩子一樣渴望被拎著走和抱著走。文化的危險之處（姑且這樣講），在於我們因詩人所愛而去愛某些事物；我們決不能那樣做，因為如果那樣，我們之後就會逐漸畏懼和懷疑現實生活所散發出的強烈氣味和巨大雜音，也會畏懼和懷疑辛勞和冒險帶來的樂趣，更會畏懼和懷疑撫育生命和探知它的心靈，我們會在昏聵狀態中徘徊，周圍的一切會變得模糊，如同我們透過一個個樹叢看到林間空地盡頭的虛幻景象。我的這本書無意標榜展現人生的所有快樂；其實，有很多東西書中也沒論及和講述到。但是它確實向某些人表達了一種懇求：那些必須忍耐人生命運的人，那些實現不了自己抱負的人，那些一天忙得昏天黑地不怎麼有空閒的人，那些整天想著吃飯、睡覺、工作，感到憂慮且把生活看作一成不變而不熱愛生活的人 —— 本書懇求這樣的一些人應該懂得，即使境況很糟，只要意志不垮，他們的經歷也可以是精彩、美妙和豐富的。因為人生祕訣就在於此，我們必須熱誠地面對人生並積極地迎接挑戰；即便我們面前有很多人生選擇，我們也只有在學

會了駕馭人生而不是任其擺布時才能戰勝它。羈絆重重的
人生更壯麗，因為它與輕鬆、自由、闊綽、無拘無束的人
生相比更可能讓我們感受到征服的豪邁。

在《玫瑰傳奇》（*Romaunt of the Rose*）一書中提到了一
個小的方形花園，裡面有花壇和果樹。其精美之處一定程
度上在於它的小巧、靜靜的流水、不起眼的水井（作者尤
其在這裡饒有趣味地講到「沒有青蛙」）以及水管發出的悅
耳鳴響。同樣，在丁尼生早期的一首優美詩作中，帶著晨
露般的一股清新，他把〈詩人的心靈〉（*The Poet's Mind*）
描繪成了一座花園：

> 這座花園，
> 中間是一汪噴泉，
> 跳躍著如同一道閃電，
> 帶著低沉悅耳的轟鳴，
> 發出的光亮永遠耀眼；
> 不分白晝黑夜，
> 從紫色的山巒來到詩人的心間，
> 儘管山遙路遠：——
> 源頭在山巒之上，天宇彼岸，
> 它唱著永恆的愛之歌汩汩向前。

那是我們都有的一種力量，在某種程度上是一種把天
國之水引入我們心靈或使之流經我們心靈的力量——因

為只要它們被引向這裡，它們就會像水一樣在最沉悶最黑暗的地方流淌；而且，所處位置愈低，湧動的溪流就愈有力！我倍加謹慎，儘量不把這種力量之源描述的太過狹隘，因為它太可能附和我們所愛和我們所需。我不會說「愛某幅畫吧，讀某位詩人的作品吧！」因為，過分順從別人的指教，我們會失去我們自己特有的靈感。實際上，我也不會刻意表現自己鑑賞力多麼純熟完美、批評態度多麼尖刻有力、對於特殊時尚和細微之處的評價多麼到位。我們知道，品透人生百味的大家，往往是越來越離群索居之人，他無法忍受自己身處無聊人群，他讀的書籍越來越少，他幾乎吃不下喝不下，除非一切恰如他所認同；和他在一起近乎自尋煩惱，因為使盡渾身解數取悅他也是難上加難，他永遠不會嘗試碰碰運氣，哪怕事物只有一點點平淡或無聊的跡象，他都不會讓自己浪費腦細胞。當然，只有在一定財富保障下這種人生才有可能；但是一個這樣的人變得越注重這些，他的準則就會變得越精深，在他的人生哲學中他就會越覺得沒有太多必要什麼都嘗試。人們肯定會認為這些人是在明確而委婉地表達：人必須無所顧忌地拒絕自己所不受，人必須要和自己讚賞和愛戴的人在一起；但是後來人們發現不是這樣，因為他們最終也成為了

這些悲哀的苦行僧中的一員，時間都花在了高臺[27]之上，而且永遠從下面搬起石頭來使高臺更高。

　　一個人不能讓自己脫離群眾和高高在上；當然不是說，人生一定要頻繁的與人接觸；但是人有必要去感受那種放鬆的舒適、毫不造作的坦誠、簡單大方的質樸；內心噴湧的應該是碧空之下、青山之旁的奔流江河，它應該在我們這片不算寬廣的地域上純淨地急速地流淌，並不斷地與其他更多的快樂而渴望的心靈中靜靜流淌的小溪交匯。

　　在〈珍珠〉這首優美古老的英詩中，夢幻者似乎得到了死去的女兒瑪喬麗的神聖啟示，她告訴他「所有聖潔的心靈都會得到同樣的快樂 —— 他們都是國王和王后。」那是一種神聖的王位，雖然沒有臣民可以統治或呵斥，沒有僕人勞作和服務，但那卻意味著一種來自君王般的心靈上的絕對坦誠和安詳，一種無需考慮自尊或權威的絕妙輕鬆和高尚。

　　我記得，在很久以前我被要求去和維多利亞女王會話，那時的女王已步入老年。當時我惴惴不安地由她尊貴的宮廷侍從引領到她面前。她坐在那裡，儼然就是一個不起眼的小婦人，穿著簡單樸素，雙手交叉放在腿上，氣色紅潤，一頭銀髮，然而卻給人一種並不傳統的威儀，那種氣氛遠遠超出了任何典禮與儀式，表現出來的那種血統與

27　此處的「高臺」是指這些人所信仰的真經。

名望的尊貴和威嚴如同她穿著的樸素服飾無需搶眼。她向我輕輕點了下頭，微微一笑，接著便用孩童般甜美清脆的嗓音開始同我交談。聽著她的講述，我不免感到吃驚，因為她似乎對我本人以及我做過的事情一清二楚，而且對我的親人和朋友的所作所為也瞭若指掌 —— 看起來不像是在故意讓我驚詫，而是因為她慈母般的心渴望知道這些也無法忘卻這些。那種讓人整個心靈湧現愛戴和忠誠的魅力，其實質並非在於她的高貴偉大，而完全在於她的樸素和仁慈，因為她不是熱衷她作為女王的這部分人生而是整個人生。

那種王之氣度確實讓我們望之莫及，這種東西取決於兩個方面：一個方面，我們要帶著對生活的熱愛來保持思想和心靈的朝氣蓬勃，這恰是上天賜予的甘露；另一方面，我們不要索取權力而是要承擔責任，爭取人生中我們該得的那份而不奢望控制所有。如果我們想要的不是統治他人而是熱愛他人，如果我們沒有遠離愛和關心，那麼王之氣度就會到來，而且離我們越近，我們越是感覺不到，因為真正名至實歸的尊貴就該是那種我們並沒有意識到的尊貴。

7. 找回自我

8. 育人之道

　　大家都知道，個人的進步，世界的發展也一樣，都取決於思想的活躍。文明、法律、秩序、有序而明確的人生也都將依賴於這些思想和情感。個人對生活中的舒適和安全度越來越高的認知只不過是這些思想和情感的展現而已。整個文明的目標應該是將所有人從世風衰敗的狀況中解放出來，這或許是我們到目前為止所預見的程度。但是可預見的更遠的目標是一定程度地把所有人從悲慘的苦差中解救出來，讓他們感到安逸，增加他們的快樂和興趣，如果可能，再進一步做到人類一出生就是來到一個父母純潔的世界，並因此從根源上消滅惡習、愚痴和犯罪本能。現在人們越來越清楚地看到，文明頹廢衰微是病態的頭腦和精神造成的，且自我約束和正氣勃發成為天性而非培養的結果。這一現象非常明顯。一些人的目標是個人自由，那是一種應該受到約束才會讓他人獲得自由的自由，但是我們明白，如果那些有道德瑕疵的人不能教育他們子女如何道德地獲得自由，我們對社會和政治自由立法是沒有用的。也許，最大的希望是這類人能夠很認真地考慮這個問題。

　　但是，正如我說的那樣，我們才剛剛邁進這個階段。我們只能就事處事，我們得解決被道德汙垢浸染、被幻夢引入歧途、被重心失衡所累的許多人的問題。當前的希望

所在是努力發現某種激勵精神的泉源，確保人們在成長過程中美好情感不被毀滅，而現在整個教育體系都該為此負責。這就像是一場智育活動，很少有切實的措施或甚至沒有任何措施來提高人們的想像力，來培育人們的美感，來激發人們的興趣，來喚醒人們正在沉睡的快樂。毫無疑問，所有這些情感都靜靜地藏在許多人的心底。一個人只要對這些情感的綜合影響稍加思考就會意識到，如果孩子生長在有著正面情感影響的家庭般的氣氛中，那麼他們長大後通常還會擁有那些興趣和習慣。然而，我們的教育既不可能使人高效地應對人生中簡單的職責，也很難喚醒人心靈中的溫柔活力。「你必須記住你是在翻譯詩歌，」一個負責任的教師對一個正在分析維吉爾作品的學生說。「我翻譯它的時候，那就不是詩歌了！」男孩回答到。我回想起了我的學生時代，想到了那些空曠莊嚴的教室、枯燥單調的學習氣氛、沉悶無聊的講說，既不能令人愉悅也無法讓人理解。於是，我想到真應該讓那些富於幻想的或美麗從容的闡釋在我們的精神教育中發揮更大的作用。任何精明付出的重要目標 —— 應該是讓人愉快的 —— 一定是藏而不露的，但不是太深而使人無法理解、讓人萎靡不振。然而，如果一個人認為努力並非是為了快樂，那他就不會有耐心持久的愛美心靈。當然，一定會有人卓有成效

地、充滿活力地、生氣勃勃地付出努力來克服重重困難，掌握高深思想精髓，但是最終目的應該是快樂。我們應該清楚，對這些思想掌握的越透徹，我們的快樂就越深刻，而且，如果一個人因為難以理解一件事而無法享受它的快樂，那麼他也就會因為沒有享受到它的快樂而沒有真正理解它。

在教育上，我們需要的是任重道遠、未來光明的責任感，要去感受人生之廣博、神祕、奇妙。就拿我受教育過程中的一個簡單例子來說，我讀過那些希臘和羅馬的不朽經典，但是對於這些書籍未提到的社會環境、社會生活和人類活動我幾乎一無所知。任何人不會認為這些希臘著作是熱情洋溢的美麗之源，也不會認為它們是衝動本能地創作於最熱情、最親切、最靈感的生活，而那種生活卻是任何民族都擁有的。人們對羅馬人的那種嚴肅的、高效率的、有條理的、急切貪婪的特性了解甚少，而且詩歌中也鮮有涉略，藝術上更是如此，直到這個民族的特性開始腐化並逐漸道德淪喪，人們才有所認知。在那個時代，一個人學習歷史就好像他在勤於法典、藍皮書、公報和公文檔案。一個人永遠不會了解個性間的衝突，也無從知曉發起戰爭並制定原則和條約的那些國家的真正利益和取向。這種學習無非是在記載和記錄那些恰巧留存下來的東西而

已 ── 就像對原始人的研究要清楚記載鋒利的燧石一樣。

為了下一代，現在我們必須做的是，不能把教育變成一個講述事實和過程的乾巴巴的概論，而更應該努力讓孩子透過世界歷史中的某些生動的事件了解世界特徵和構造，最終了解現實世界的某些本質，進而了解世界上的國家、世界上的民族、世界上人類的渴望、世界上存在的問題。那就是教育的目的，我們應該了解人生究竟是個什麼東西，知曉它是一團多麼明亮又多麼微弱的火焰，知曉它會怎樣地受到黑暗與困局的羈絆，又會怎樣地在有限的陽光夾縫裡綻放生動與活力。

8. 育人之道

9. 熱愛知識

9. 熱愛知識

「知識就是力量，」古老的格言如是說。然而，在當今，從許多方面來看，這句話都毫無意義，因此，也很難從這句話中獲得精神上的鼓勵。我設想這句話應該源於這樣一個時代，知識意味著通曉神奇的奧祕、通向財富的捷徑、獲得健康的身體、擁有一定的影響力。甚至現在，應用於人類實際需要的科學還有著某種類似的力量。電話、無線電、蒸汽機、麻醉劑 —— 這些都是賦予人類力量的東西。一個人有了發現也沒什麼好處，他不會把發現據為己有，更不會把這些發現用於自己個人目的。他頂多是透過這些發現賺一大筆錢。至於其他類的知識、學識、學問，它們又是怎樣使擁有者獲益的呢？「當今沒人鑽研學問，」一位知名人士幾天前對我說，「那麼做不值得！最有學問的人也就是最清楚在哪個方向可鑽研的人而已。」但是，在一些文學作品中仍然有一些東西讓讀者相信在牛津和劍橋還是存在著學術氣息的。在小說中，這些與眾不同的教授們會整個上午看文稿、晚上喝點波特酒，而實際上他們又在哪裡呢？當然，在劍橋找不到這樣的人。如果我覺得我在牛津能找到這樣值得敬重的人物的話，我也會不辭辛苦到牛津去。而現在，這類人已經成為精於世道的行家，成為養家糊口的頂梁柱。他沒有時間鑽研文稿，也沒有心情品嘗波特酒。上午一疊疊的試卷、晚餐一杯檸檬水是他

閒暇時日的典型特徵。不考慮私利而對知識的追求實際上已經在英格蘭消亡了。就像比勒爾[28]說的那樣，伊頓很難被奉為一個教育聖地，那麼在何種程度上牛津和劍橋可算是文學研究的殿堂呢？一個博學的人很容易被人想成是一個無趣的人，而且人們對他最好的奉承是──他看起來並非學富五車。

實際上，有這樣一個國度，在這裡知識受到極大的尊重，那就是美國。如果我們不注意，高雅文化將會棄我們而去，就像阿斯特賴亞[29]帶著大英帝國的興衰史，舞動著長裙一路向西[30]。

我的一位朋友跟我講了一件事。有一次他非常艱難地爬上佛羅倫斯的一座教堂塔樓，那是一座由淺色磚塊建成的非常高的尖塔，我猜想他說的實際上應該是大理石塊疊建而成的，塔樓裡空蕩蕩無人光顧，倒也別有一番景致。他走出塔樓，來到了由高高護欄圍著的一個陽臺，在中古時期的畫作中這類陽臺似乎總是擠滿奇裝異服的人物，而現在這裡也只有幾個遊客而已。熠熠生輝的城市在腳下延

28　比勒爾（Augustine Birrell，1805～1933），英國政治家、散文家。曾任教育大臣、愛爾蘭事務大臣，因出版兩部題為《餘論》的散文集而享譽英國文壇。

29　阿斯特賴亞女神，傳說是宙斯跟女神忒彌斯生下的正義女神，她手中拿著的那座天平能衡量人類的善惡。人死後，她會用天平稱量其善惡，決定此人該到天堂還是地獄。

30　「一路向西」，暗指美國文化正在崛起。

展開來，渾濁的河水急速流向平原，山坡上到處是綠蔭環抱的別墅，遠處則是暗淡的群山。在他凝望著這些美景時，另外兩個年輕的美國遊客也悄悄地來到了這座陽臺，他覺得他們應該是一對兄妹。他們趴在護欄上默默地遠眺了一會兒，後來，那位哥哥輕聲地說道，「如果我們要是對這裡有所了解，再欣賞這一切該多麼美妙啊！」像所有的美國人一樣，他們渴望知識！看到那些高高聳立的房屋、那些奇異迷人的塔樓、那一片片陰沉的時隱時現地從一群房屋頂上露出的中古時期的宮殿，所有這些他們覺得還不夠。這一切只能說明這裡有過生命和歷史、奮鬥和悲傷，還需要闡釋說明、煥發理想、重新賦予人性光芒。沒有這些，這一切就是沉默無語的、模糊困惑的，一個人就不知道是應該讚美還是哀嘆！一個人不應該了解美的本來面目嗎？如果一個人不想了解這些東西又能怎麼辦呢？雪萊在牛津時曾經這樣問過他那位精幹卻窘困的導師。如果一些背景知識使你眼前看到的更加生動、更加豐富、更加透徹，那麼這些知識是積極的。也許，在英格蘭我們太習慣於淡然地對待歷史東西，以至於我們都忘記了傳統的存在，並把傳統看成像呼吸空氣一樣的自然，只是感覺這東西是一個令人愉悅的背景環境而已，因此，沒人願意研究它掌握它。很難說因為無知我們失去了什麼，也很難說透

過知識我們應該獲得什麼。也許，渴望知識是一種智力和情感活動的象徵，而不該作為必須承擔的責任——那只是一個是否有熱情的問題。

詩人克拉夫[31]曾說過，「了解《大憲章》[32]在蘭尼米德簽署對我來說意義非凡，但是如果只知道憲章簽署對我來說意義就不大。」憲章的這樣簽署安排對我們的自由權有積極影響，只有這一事件能夠重新激發我們對自由權的渴望，那麼無論自由權或為何物，了解憲章才有意義。我記得是斯科特曾經憤怒地質問：

心靈如死水，從沒想過這片土地是自己家鄉的人，

他真的生活在這裡嗎？

我不知道蘇格蘭會是什麼情形！詹森博士[33]曾不客氣地說過，一位蘇格蘭人最高期盼也許就是，誰能把他帶到英格蘭的高速公路讓他見識一下；但是，這裡我想說，如果斯科特之問有答案的話，那麼在英格蘭有太多心如

31　克拉夫（Arthur Hugh Clough，1819～1861），英國詩人，是湯瑪斯・阿諾德的學生，在牛津大學時又與馬修・阿諾德成為朋友。創作了長詩《托布納利奇的小屋》以及抒情短詩《不要說鬥爭是徒勞無益》等作品。

32　《大憲章》是1215年6月15日（一說1213）英王約翰被迫簽署的憲法性檔。其宗旨為保障封建貴族的政治獨立與經濟權益。又稱《自由大憲章》或《1215大憲章》。這張書寫在羊皮紙卷上的檔在歷史上第一次限制了封建君主的權力，日後成為了英國君主立憲制的法律基石。

33　詹森博士（Samuel Johnson，1709～1784），英國文學史上重要的詩人、散文家、傳記家和演講家，編纂的《詞典》對英語發展作出了重大貢獻。也是當時文壇的一代盟主，對小說、詩歌的評論，即使片言隻語，也被眾口宣傳，當作屑金碎玉。與德萊登、伏爾泰相比，詹森是更為寬容的新古典主義者。

死水的人了！英格蘭人並不很有想像力；一位習慣於像安泰俄斯[34]一樣跪下來親吻果園土地的農民會被認為是一個瘋子！

那麼，我們就此應該得出可笑的結論，認為知識是無用的負擔嗎？抑或，如果我們真的這樣認為，道理何在呢？我非常清楚，那麼多的年輕人之所以對知識如此薄待甚或輕視，是因為他們接觸到的知識在形式上太過枯燥，而且與他們幾乎毫不相干。我認為，我們應該循序漸進地了解過去；我們應該從當前存在的問題和思想潮流入手，讓人們知道自己是如何存在的；我們首先應該了解世界本來的面目，然後再慢慢爬那座高山[35]。但是，我必須承認，我們做的只是接受過去的歷史，只知道雅典、羅馬、猶太是三個燦爛輝煌的王國，而不去探究發展過程的來龍去脈，這樣以來，當時人們那樣生活那樣思維在當今看來就顯得有些遙不可及、晦澀深奧甚至無法理解。

那麼，我們教授學生學習古老語言時就是這種情形，不教授他們閱讀分析，卻讓他們的小腦袋裡裝滿沉悶無聊的各種語法。因此說，整個教育過程無趣且很難有所收穫；當我們用這些笨拙粗野的方式泯滅了孩子們的初始興

---

34 安泰俄斯（Antaeus），古代希臘神話裡的大力神，他的力量來源於大地，所以只要身體不離開大地，就會有源源不絕的力量來助他打勝仗。

35 「爬那座高山」，是指瞭解過去。

趣時，我們就會驚愕地發現，人生的過程好像就是完美實現所給定的目標並盡可能地遊戲而已。

然而，學習活動畢竟沒必要如此苦累無聊！幾天前，我讀了柯爾 (Ker) 教授的一本關於中古英語的小書，收穫頗豐。全書思路清楚內容鮮活，讓人有讀的熱情並能感受其中的樂趣。作者精湛的文學技藝如同一條清澈的小溪，讀者可以沿著這條小溪輕鬆地走出平原尋到高高在上的群山之間的小溪源頭，這時我會驚詫，為什麼這麼久以來就是沒人給我講這些美妙的事物，我是本可以理解我們的那些偉大文學作品的。我擁有的這類瑣碎知識已經定型了，就像散落在鋪展開的地圖中一樣。

因此，我也明白了，如果知識得以正確教授，它可以成為散發魅力、令人嚮往的東西，而不是虛張聲勢、令人頭痛、懶於牢記的東西。

所有的孩子起初都有很強的求知欲，但是人們告訴他們問這問那是令人討厭的，其實，很可能是這位被問到的大人根本不知道怎麼回答但又不想表現出來無知。那麼，當對於拉丁語法，以及西塞羅[36]的《論老年》（*Cicero's De*

36　西塞羅（Marcus Tullius Cicero，西元前 106 年～西元前 43 年），古羅馬著名政治家、演說家、雄辯家、法學家和哲學家。曾擔任羅馬共和國的執政官，同時也被廣泛地認為是古羅馬最好的演說家和最好的散文作家之一。在羅馬共和國晚期的政治危機中是共和國所代表的自由主義的忠誠辯護者，安東尼的政敵。支持古羅馬的憲制，因此也被認為是三權分立學說的古代先驅。

Senectute)、凱撒[37] 的《高盧戰記》(*Caesar's Commentaries*) 等方面的問題得不到回答時，困惑的孩子私下裡會下定決心要知道的更多來解決這些棘手難題。對於他來說，有血有肉的人是應該了解到創作這些作品是非常有益的，但他們卻意識不到這一點，真是不可思議。

博學也是罪孽之源！這並非說要剝奪一個學者的學問，也並非說一個人只需要一點點的常識和想像力。一個小孩子怎麼可能知道世界上一些最美的故事也會源於大量的磨難，他怎麼可能曉得在戒備森嚴的大鐵門背後潛在著一個什麼樣的花園？

在這裡我不打算討論過去的課程設計。就像家長和校長曾說過的那樣話，「他們必須學這門課！」給人的印象好像這課是某種鞭策手段 —— 實際上現在也是如此。我環繞著我那擺放著一排排書籍的書架，心裡在想，這一排排的東西究竟給我帶來了多少益處和快樂呢？我又是怎樣地刻苦攻讀它們，而這既不屬於我所謂的教育範疇也不是出於我所謂的教育原因，同時我還在想，如果它們沒有被用在正道上，這些書籍對其他人來說會意味著什麼呢。

在佩特[38] 某篇妙筆生輝的文章中，當談及到藝術時，

37　凱撒（Julius Caesar，西元前 100 年～西元前 44 年），羅馬共和國末期的軍事統帥、政治家，儒略家族成員，制定了《儒略曆》。
38　佩特（Walter Pater，1839～1894），英國著名文藝批評家、作家和散文家，是英國唯美主義運動的理論家和代表人物，在英國文學發展史上有著很高的

他說道，「曾激發過人們偉大而熱切情感的東西不可能完全失去它的魅力。」但是，我有時候懷疑，那些一直以來靠詞典、語法規則、語法分析、課後留校和懲罰作業等方式教授的東西能完全呈現出它的魅力嗎？我覺得，如果我們想讓我們的年輕人對人類的思想之美及其表達之妙產生興趣，我們就必須徹底掃除陳舊的方法。但是，儘管我們不上心生活中的美好與樂趣，儘管我們虔誠地相信語法灌輸的益處（已經有大量事實證明它的無用），可我們仍然還會是一個未開化的民族。開化與文明並不在於商業的繁榮，甚至也不在於快速列車上優質服務這一類事物。文明存在於及時的理解、濃厚的興趣、強烈的同情……至少我是這麼認為的。

「我像白鶴或燕子一樣悲鳴啊！」悲傷的先知曾如是說。我這裡所寫，並非悲觀，亦非批評，更非裁定；也絕非浪費口舌去嘲笑他人的人生準則！我認為就我們目前現狀我們做的尚可過得去，但我們要認真對待教育，認真思考我們是否真正投身於知識和藝術事業，是否在這些領域努力地培養我們的年輕一代。我們確實培養出一些有知識的運動員，也把一些猛勇之輩培養成稍有教養之人；但是與此同時，大量的時機、好奇心、智力、品味、興趣、快樂

地位。代表作：《希臘研究》、《柏拉圖和柏拉圖主義》等。

都稀裡糊塗的流走，就如同波濤洶湧的河水流經泥濘的平原、繞過狹長的海角和光禿禿的島嶼，最後匯入大海。那是一種損失、浪費和愚蠢行為，我對此深感悲哀。

10. 感悟成長

儘管人們拒絕承認，但是隨著年齡的增長，很多人開始明白了：無論如何，思想不會成長，觀念不會改變，生活不再是朝聖，而是馬拉車那樣的旅行。馬拉著東西，別無選擇，它不在意貨物是什麼……管它是蕪菁、乾草還是馬糞呢！他要是想的話，他想到的是馬棚和食槽。人到中年，不願嘗試，也就沒有了冒險的意識。他們自己構築一道城防，基於偏見和固執的信念壘起一個心理的避風港。沒有了風雨的歷練，斷然就沒有了什麼希望。風光如此熟悉，如水的心境沒有一絲的顧戀，對於山的那邊，河的對岸絲毫不理。

當然，我並不認為人們應該放縱地生活，放棄當下厭惡至極的工作和職位，聽任心情的驅使。我只是言表一下可能經歷的心靈冒險。生命中心繫一份工作，無論心儀與否，哪怕你進展緩慢，極不情願，哪怕你情緒低落，煩躁不安，能夠做到盡職盡責，這固然都是有益健康，令人歡欣且備受鼓舞的。但我們的思想不應該被傳統和普遍的觀點所禁錮。我們要捫心自問，為何我們相信理所應當，是否我們真的相信。我們不應該譴責想法和我們不一致的人，我們應該改變我們的思維，這種改變不是出於輕浮而是緣於經驗。我們不應過於看重當下的所作所為，不應輕視做過的一切。我們應該找到一個共同點來面對和我們

意見相左的人，我們要全力抵制自憐和自戀，我們要知道機會喪失都是由於自己的大意和蠢笨。自戀比自憐更加微妙，因為一旦人們沒有了榮譽概念，那麼他就會因此而飄飄然，因此，我們應該極力避免，就像本能地回避一股異味。更重要的是，我們應該相信，只要願意嘗試，我們可以改變自我，我們可以將良知和責任與性格連繫起來，結交某些人，看某些書都會對我們產生影響，促進我們的思想成長和心智發展，讓我們領悟生命美好和意義非凡。正如那位古板的家庭女教師 [39] 在《雪麗》中反問的那樣，「對於人生準則的寶貴價值，你能懷疑嗎？」人們獲取並持有清楚而非混亂的人生觀是可能的。而且慶幸的是，任何領域的人都可以做到，無論身處何地，從事何種工作。這就是思想的美妙所在，就像一個掛在花園中的氣球，人們可以爬進去把它放走，但是正像我講過的那樣，很多人往往最後把氣球拉下來，放掉空氣，包好放在了倉庫裡。當然了，能夠這樣做的人個性千差萬別，但可以斷言的是，很多人在回首年少往事的時候非常清楚，他們內心深處的某些洶湧澎湃已經消失了，同時消失的還有某些幻想希望以及微弱但熠熠生輝的理想。為什麼消失了？為什麼在生活的庇護下，他們安定下來？為什麼他們蜷縮起來，躲在自

39　「家庭女教師」，是指《雪麗》的作者夏洛蒂・勃朗特。

身舒適愜意的說法之中？我斷言，這主要是源於精神的懶散。很多人這樣告訴自己，「畢竟，重要的是在這個世界上有一個安穩的位置，我必須為自己爭取那樣的位置，杜絕一切胡思亂想。等我拿到了退休金，兒女生活無憂之後再考慮那些事。」到那時，這些脆弱的不現實的想法也都消失了，再也找不回來了，畢竟憑著這些小心謹慎和粗枝大葉的計畫是不能獲得幸福的。

　　因此，我認為，從一開始，我們就必須鎖定某個與眾不同的目標。我們不能目光短淺，我們必須保持視野的開闊。這裡我的建議絕非不切實際。只是一種深謀遠慮，一種更加謹慎的智慧。我們必須告誡自己，無論如何靈魂都不應該退卻，如果我們發現心靈已經失去了趣味和自由，我們應該感到焦慮，就像我們的肉體失去了欲望！

　　當我們在工作中各行其職時，我們應該為另一個堡壘——「心靈樂園」打基礎，我這麼說，絕非比喻的措辭，而是理智的保證。要緊的是，我們應該在安靜的水流邊為這個堡壘選擇一處更加自由的地點。為了我們自己，我們應該對它好好規劃，設計花園和農場，期盼上帝賦予的綠地、恩典和豐盈。也許我們建造的步伐比較緩慢，期間也會不斷地修改我們的設計，但這都是由我們自己的信念和希望所建，就像鸚鵡螺貝殼的成長發育過程一樣。

我談論的不是個人工作上的自我完善，也不是在談論影響職業和人際關係的企業文化，更不是在談論精神準則和萬能的原則。「心靈樂園」不是工廠也不是旅館，它的建立完全是為了我們的愉悅。 我們必須追求這種愉悅，因為它注滿生命河床，激發人們鬥志，讓人充滿活力，使人面目一新，逗人開心，富有魅力。無論如何，這座樂園必須是令人愉快的。它必須接納我們篤信的宗教，他人心靈的美好，也要接受藝術、詩歌、傳統及對自然的熱愛，還要包容不同職業和我們所追求的興趣。它不必包含一切，因為透過自我審視和堅決的自我約束，我們通常會做得更加出色。不用迷信哪種書，哪些畫，哪些曲調，哪些品味，我們就可以做到。如果迷信那些，我們最終會陷入思想的囚籠。我們要融入人生背後更高的精神層面，接受我們千變萬化的心潮澎湃，這樣才會使得我們不滿足於凡塵瑣事，而是以一種力量呈現出來，無論是什麼，它都會穿透生命的外殼，就像破土而出的花朵。我們無聊遲鈍、乏味順從，這些都源於缺乏對這種力量的認知，而這種力量對人類有著無與倫比的的影響，沒有它，生命將會變成一片荒漠。在英格蘭，如果我們想要的只是愉悅，很多人都會陷入深深懷疑，這有可能源自清教徒的傳統，擔心我們屈從於歡愉的影響，害怕由於縱情娛樂會受到報應，相信

這麼做會招致「上帝之怒」而膽戰心驚。如果我們說「今天我之所以很開心是因為一些壞事一定會降臨到我頭上！」時，我們許多人心裡一定有怪怪的感覺。確實，磨難在所難免，但是不要讓它破壞我們的快樂，相反，要使快樂為此而昇華和強化。那些追求快樂的人常常會用悲傷武裝自己，並從中受益。

我們一定要致力於充實的人生，不能因為謹小慎微而裹足不前，我們必須胸懷開闊、勇敢向前，堅實地閱覽人生，培育對人生的熱誠和希冀。而且，我們也必須小心，思維的框架不過是一個虛榮的吝嗇鬼，正是它讓我們相信「我確實不應該喜歡那個人，那本書，那個地方！」那是我們必須予以回避的，正是它終結了我們自己發展的無限潛力。

我的腦海中經常閃現《寓言集》中的一個章節，其中講到了一個被上帝拋棄的人，他的快樂雖說確實不應該是他靈魂所追求的，但他始終信守一直誤以為是快樂的愉悅心境，我敢肯定，那也應該是人們看待人生的心境。他大聲疾呼，「那些快樂襲擊了我，然而我卻沒有疼痛；那些快樂折磨了我，然而我卻沒有感到折磨。我何時能夠醒悟？我將會再次探索。」

11. 崇尚情感

11. 崇尚情感

　　我們英國人有些古怪，一點不假！司湯達[40]說我們英國人最獨特的兩個缺點就是忸怩含羞和言不由衷。那就是說，我們不敢把我們的想法說出口，當我們有勇氣說出口時，我們說的也不是我們心中想的。我們是一個骨子裡滲透著多愁善感的民族，很容易受感動而且也願意被他人感動。我們的心裡常常為情所困，常常被那些生動且形象化的東西所左右。但是我們又為那些情緒化的東西而感到可恥，這一點很奇怪。沒有坦率和真誠，我們心中充滿了做作，自稱沒有受到內心情感的影響。男人和女人到底應該怎樣做，我們對此想法卻有些不可思議。其中一個虛偽的觀點是，男人就應該不為情動，正如我們經常爆粗口那樣，為情所動的那類事情「只有女人才會做。」然而我們大多時候還是說些順耳動情的話，我們之所以喜好這樣的辭令某種程度上是由於我們羞於直白。到頭來，我們自認為是一個坦率直接、心地善良的民族，但是我們卻給人一個生硬僵化、無禮粗魯、自私自利的印象，而不是更加親切和藹的國民形象。我們可以為自己進行辯護，說情感本來就是不可談論的、珍貴的而又神聖的，儘管我也一直認為，如果有人說一個事物過於神聖而不可探討，那麼他很

40　司湯達（Stendhal，1783 ～ 1842），十九世紀法國傑出的批判現實主義作家，以準確的人物心理分析和凝練的筆法而聞名，被譽為最重要和最早的現實主義的實踐者之一。代表作：《阿爾芒斯》、《紅與黑》、《巴馬修道院》等。

可能也是說它過於神聖而不可多加思考；據此來說，如果一個理智的英國人能夠直抒胸臆的話，那麼這些情感該會是多麼的細膩啊。

我們還有一個很大的毛病，是對物質財富的追求，導致我們推崇「物質化」品格。占有本能和情感天性之間的鬥爭造就了我們的忸怩，我們害怕暴露自我，害怕被利用，我們崇尚地位、身分和面子；我們想要了解他人，他的身分，他的權勢，他的財富；但這些都有害於我們的真誠，因為我們評價他人的標準不是看他真正的價值，而是看他累積的權勢。直到我們意識到物質財富沒有那麼重要的時候，我們才會崛起為一個真正的大國。目前，我們的發展在世界上可謂欣欣向榮，我們秩序井然，我們創造財富，我們傳播資本主義文明，但還不是一個完美無瑕，富有成效的文明，因為主要涉及的都是物質上的內容。我並不想譴責我們這個民族，因為它有魄力，有韌勁，有出色的運行機制，但是，當我們擁有繁榮時卻不知如何面對，我們沒有充分地享受到快樂，我們所謂的成功就是擁有一幢設備完善的住房、開銷不菲的娛樂、無聊而高高在上的好客態度，尤其是這種待客方式，與其說是讓客人盡興不如說是獲取自我虛榮的滿足。

世上沒有哪個國家的國民心甘情願這麼無聊下去！我

們思維怠鈍，生氣不足，甚至缺乏智慧和趣味；願意在這樣氛圍中生活的人往往都是耽於空想、性情古怪並有些藝術特質的人。但我們民族並非一直這樣。在伊莉莎白時代，我們包攬了一切發明創造，人們崇尚冒險精神，獨步天下而心生自豪，但當時人們對人性仍有濃厚的興趣，對不同的觀念仍有強烈的喜好，對美好事物和思想仍有深深的眷戀。清教徒起義將一切擊得粉碎，但至少清教主義思想對精神道義情有獨鍾，並引發了一場對有違上帝罪孽的激憤絞殺，這無論如何都是知識蓬勃發展的一個象徵。之後，我們確實沉溺於安全舒適，固守於陳腐的古老傳統，一方面是浮華誇張的文字，另一方面是乾淨俐落的文筆充滿著睿智卻不見了幽默。那是一個沉悶、冷漠而又高貴的時代。那個時代可以從一個天才人物的縮影得以展現，這個人物渾身充滿著英國人推崇的挑戰精神，他就是詹森博士。在他無可匹敵的傳記中所描繪的那種氣度和風格，確實為當時的英國文壇帶來了顛覆性影響；因為詹森寫作的精髓是他清新的風格，在他的筆下，那些起伏跌宕的句式像帕拉迪奧[41]的建築那樣咬合穿插，但是他的模仿者卻不知道那種清新的風格是絕不可少的要素；因此，那種浮誇

41　帕拉迪奧（Andrea Palladio，1508～1580），義大利建築師，被認為是西方最具影響力和最常被模仿的建築師，他的創作靈感來源於古典建築，對建築的比例非常謹慎，而其創造的人字形建築已經成為歐洲和美國豪華住宅和政府建築的原型。

的傳統影響了英國散文整整一代人。但儘管如此,在十八世紀的小說中突然出現了對生活及人生百態的熱切關注,這一潮流如同一股清泉把英國文學從高貴莊嚴中解脫出來。之後,我們進入到了維多利亞時代,在某種程度上我們被社會繁榮、科技發明、商業發展和殖民地化所湮沒。但在這個世紀也出現了一些重要的歷史人物 —— 卡萊爾[42]、丁尼生,勃朗寧、拉斯金、威廉·莫里斯 —— 他們所說的話都深深地影響著後人;他們那種對人生百態及生命意義洞察的渴望,那種充滿希冀、不滿和深深情懷的氣息一直都在,永不磨滅。

科學的廣泛影響也許抑制了我們對於美的追求,但這很可能是暫時的。早期科學家給人們帶來了深刻影響,人們盲目地認為科學家能夠解開一切謎團,能夠將一切分析深入到元素層面,再進行分類並得出自然法則;而且人們還堅信,人生的方式和過程也會被徹底揭祕。但進一步研究發現,人生比想像的不知道要複雜多少倍,研究結果還是一片混沌,儘管科學曾一度對於信仰和思想的刻板體系造成極大的衝擊,以致於人們認為美僅是對法則的偶然關

42　卡萊爾 (Thomas Carlyle,1795 ~ 1881),英國歷史學家和散文作家,人生態度:我們沒有能力阻止已經發生的事情,但我們有能力改變已經發生的事情對我們現在生活的影響。接受已經發生的,改變可以改變的。代表作:《法國革命》、《論英雄、英雄崇拜和歷史上的英雄事蹟》和《普魯士腓特烈大帝史》。

注，對於美的熱愛可能源於人們對某種物質的偏好。

面對化學家的挑戰，藝術家曾一度陷入失落，因為化學家認為，淚水的物質成分可以解釋人類情感的原理；科學精神一度把藝術精神逼進了死路。結果，藝術家們都像上帝的先知一樣退隱山林，成群結隊，隱居洞穴，僅靠麵包和清水為繼。

現在我認為，使得藝術遭受重創並顯得相形見絀的原因是藝術家受到了物質生活的錯誤標準的影響，他們不甘於清貧簡樸的工作，而是像所有喜歡掌聲的那些虛榮之人一樣，急於分享非利士人的戰利品[43]。我知道，也有根本不在乎這些的匠人，他們只是在默默無聞地打造著他們眼中那些引人入勝、美輪美奐的藝術品，但是這種人很少。當對比一些國家的人們生活得更豐富、享樂和舒適時，當安全和尊敬更多地取決於財富時，藝術家們也開始渴望獲得財富，當然更多的是為了獲得體驗和享樂而不是財富的累積。

人們渴望見證的是雅典人的精神，因為這種精神是以一種心靈探索和藝術表達形式尋求思想觀念和美麗情感上的滿足；如果人們專注於這種精神，滿足於此，就能讓物

43　「非利士人的戰利品」，撒母耳記上 4 章 1 至 11 節記載了以色列人與非利士人的兩場戰爭，一次比一次慘敗，連神的約櫃也成了「非利士人的戰利品」。這裡指注重物質生活的藝術家褻瀆了信仰。

質虛華像泥沼一樣流走。然而不幸的是，英國人的精神是封閉的、不開放的，藝術家的精神是嫉妒的，而不是包容的，因此，藝術家和思想家未能有效結合並建構出自由簡單的生活方式，相反，他們往往生活在代價高昂的孤堡或世外桃源中。英國人的精神是有悖於群體意識的。如果人們宣導群體精神的話，他們就會很容易結群而居，培養共同的愛好和志趣，彼此啟發追求美好事物，實踐熾熱的信念和恢弘的理想。但這種群體方式不是靠人為來實現的，一直向這個方向努力的只有一些藝術家，他們偶爾聚集在一個地方，對各自的追求毫無保留，暢所欲言。有時候我接觸到那樣類似的群體，即使不深入，往往也會陶醉於一種狂喜情緒之中，陷入到一種更加自然的精神交流之中，這是我在別處無法找到的。但是世俗的東西往往滲入其中！家庭關係、金錢利益和公民權利等會令這個群體分崩離析。令人想想就傷感的是，這樣的交流在年少時，也只有在年少時才有可能，這一點在那本優秀感人的作品《特里爾比》（*Trilby*）中可以看到，該書真切地反映出輕鬆交流的夥伴所帶來的愉悅之感。但是隨著青春朝氣消退，天真無邪遠離，之後便是陷於生活洪流。也許有那麼一天，生活變得更加簡單，財富更加平均，工作更加公允，沒有必要的東西不再生產，這些群體便會自行出現，年輕人

的坦率、熱情、富有朝氣的精神定會持續到中年甚至是老年。我認為這絕非夢想，但我們首先得消除對金錢和地位無意義的浮華追求，因為它現在正腐蝕著很多人的人生。如果我們對美及人生魅力與快樂報以誠摯的熱情，我們就會更少考慮物質得失，對於現有的衣食住行心滿意足，我們也就不願意為獲取那些沒有實際意義的東西而浪費時光，否則，我們只會像一個富裕的傻瓜，在生命盡頭為擁有多年積攢的大量物質財富而沾沾自喜。

12. 重拾記憶

對於很多人來說，記憶是他們在詩歌中尋找滿足的唯一形式。在傷感、厭倦和失望的當下，如果有人向未來尋求慰藉，那麼希望和力量有時可以從宗教信仰中獲取，但如果人的靈魂具有回溯的功用，那麼詩歌也具有這一屬性，原因就在於詩歌不是與可能的和未知的事物，而是與真實存在的美和客觀存在的事物有關。這樣，人們可以在回憶中為陰鬱的生活找到解藥。當然，還有很多簡單有益的事物與未來無關 —— 生活瑣事、日常快樂等，這些都是人們非常渴望的。但是詩歌的功能不是輕而易舉就能實現的，因為它具有理想化的傾向，通常認為當下理所應當地會更加開心，更加樂觀，更加完美。

> 積極靈魂一心向前，
> 洪福齊天也會膽寒。
> 哪怕換成另一天地，
> 疾呼絕不垂頭喪氣。

因此，親歷過、快樂過、忍受過很多的靈魂，人生未被踐踏的靈魂，當然也是那些在感知幸福的因素並非如人所願般純潔時，未被陰影籠罩的靈魂，他會回想到過去擁有的關愛和陪伴，就像帶著浩如煙海的老照片和紀錄從黑暗中醒來並再次觸摸它們，真的如同抽離所有的瑣碎時光和干擾焦慮，把這些老照片改編成它們本可以成為的樣

子，而非它們實際的樣子。卡萊爾指出了其中的真諦，他說，對於過去回憶的畫面為何總是充滿如此珍貴的情調，如此細膩的輪廓，原因就在於回想中沒有任何擔心。而這種畏首畏尾的擔心遮蔽了當下的快樂。如果我們沒有了這種擔心，我們自然就快樂了。奇怪的是，我們不知道如何才不會擔心，即使我們經歷的所有的黑暗和傷心都令我們毫髮無損。如果我們能夠找到人生中夾雜著擔心的原因，我們早就努力去解決這個世界之謎了。

只要不是過早地沉迷回憶或者不至使我們脫離必要活動，沉醉回憶未必會使我們意志消沉。回憶並不是經常伴隨著失落或者痛苦。我記得，有一次我和家裡慈祥的老保姆坐在一起，當時她已年近九旬，獨居小室，內置很多老舊的所需家具，小巧的幼兒專用的座椅，櫥櫃鑲板上貼著農家小院的照片，還有寵物小鳥的風乾標本，這些常見的東西都是生命的見證。我們回憶起我兒時的那些開心快樂的故事。我起身離開時，她坐在那裡一動不動，眼含熱淚，「啊，那時都是快樂時光啊！」她說。語調中不是哀怨，不是任何要忘懷往昔幸福時光的流露，而是記憶深處留存的美好溫柔的默默喜悅，它既不能被篡改也不能被奪走。人們不會看到老年人在回憶過去的細枝末節時有絲毫的悲傷，而只會看到他們的自豪和熱情，這些老年人對過

去的記憶十分清楚，而對當下的記憶卻漸漸模糊。正如阿爾弗雷德‧丁尼生在他那優美感人的詩篇〈淚水，無端的淚水〉（*Tears, Idle Tears*）中所表達的那樣，對過去的傷感更多的是年輕人的特質。安詳暮年所有的更多的是一種成就感，安然度過命運的風風雨雨，將人生的悲劇遠遠地甩在身後。通常，即使可以，老年人也不會要求人生重來，他們不會對人生感到失望。總體說來，他們已經實現了自己的希望和夢想。正如歌德那句深邃不朽的名言所說，「一個人年輕時的夢想，在年老時候得以實現。」人生中最匪夷所思的事情之一 —— 至少我的經歷是這樣 —— 是如何獲得一個人真心想要獲得的，而不是如何獲得一個人本應該獲得的。在琢磨自己那些微不足道、愚蠢至極、甚至異想天開的願望最終不折不扣按部就班地實現的時候，我有時都會感到不可思議甚至目瞪口呆。我們大多數人確實實現了自己的理想，一般來說，我們沒有得到某些東西，只是因為我們的欲望不夠強烈。確實，我們常常發現自己所渴望的東西不值得擁有，而且我們之所以更擔憂我們的欲望，並不是因為我們不應該擁有欲望，而是因為幾乎必然全部實現了這些欲望。我自己有點愧疚，當下的情景與我年輕時的理想是多麼的相似，是那般的幼稚而沒有個性。無意識之中，我在追求、在選擇、在接受這些理想，這讓

我感到羞愧，因為如果當初有更高的追求目標，現在一定也成功實現了。我在很多熟人身上也看到了同樣的情況。種瓜得瓜，種豆得豆！通常可以這樣理解，如果一個人年輕時只追求享樂，那麼他最終就會倒楣；如果一個人年輕時追求渺小、瑣碎和愚蠢的快樂，那麼他最終的收穫也將是渺小、瑣碎和愚蠢的，然而「種瓜得瓜，種豆得豆」這句諺語的真實含義遠比這可怕。實際上，在很多方面上帝是一個縱容我們的天父，就像寓言《浪蕩子》中的那位父親一樣。如果我們能夠參透其中的道理，其實上帝所給的最有效的責罰是，他微笑著把我們最欲求的東西給予我們。因此，我們應該祈禱上帝把高尚的欲望植入我們的心中，祈禱我們用意志力控制自我不去過多地考慮那些微不足道的可憐欲望，這樣才可以避免這些欲望得到滿足。

因此，回憶的時候，眺望人生走過的路，並感受上帝的寬厚仁慈真的是一件非常奇妙的事。上帝十分清楚，如果我們得不到我們所渴望的東西，我們就不會明白這些渴望的東西毫無價值，所以上帝只得把這些東西給予我們，因此，我們沒有理由懷疑上帝慈父般的善意，因為正是他極力安排人生讓我們開心。我們沒必要想當然地認為，他會透過嚴苛而激勵的準則引導我們；當他賜予我們欲望時，有時也同時讓我們的心靈變得貧瘠。當一個人的年紀

逐漸增加，知曉他人的某些人生奧祕的時候，給他最大的打擊之一就是，那些看似不堪忍受的災禍，芸芸眾生卻常常可以輕鬆平靜的面對。當預期的災禍到來時，一個普遍的經驗就是，把它看成比我們原先預想的災難輕得多。這樣在重擊之下，我們就可以說，「就這些嗎？」在那本精彩的《瓦爾特·斯科特爵士日記》（*Diary of Sir Walter Scott*）一書中有這樣的描述，當破產的危機到來，當他一直熱衷執行的規劃和安排突然成為空中樓閣時（他投入的熱情如同孩子迷戀他的玩具城堡、他的王國、他的疆土），他卻帶著幾乎是一種愉悅的驚喜在日記中寫道，他發現自己實際上一點也不在乎，相反，有些人和他說話時帶著柔和的憐惜之情，好像他在經受著災難的折磨，不過，這些人很快就會驚奇地發現他竟然和平時一樣的快樂和無畏。對於充滿活力的人來說，人生是一種輕鬆愉快的遊戲：盡情地玩樂的同時讓自己相信，人都在乎掌聲、財富、豪宅、舒適、安逸以及這種遊戲所帶來的一切便利。然而無論男女，只要是有點高尚情懷，當遊戲被突然打斷，玩具被清理到一邊時，他們就會發現沒有「玩具」和調整自己以適應新情形也同樣令人興奮和鼓舞。之前的遊戲不錯，但新的遊戲更棒。把遊戲看得過於認真，考慮的過於嚴肅就是遊戲的失敗，誠然，失敗是令人不安全的。但是，如果一個人願

意感受經歷，並且看透物質與人生的格格不入，參透物質對人生影響的微不足道，那麼這種遊戲的變換就是令人愉悅的。

鼓舞我們的是遊戲的精神、過程和活力，而不是某個特別的玩具。因此回憶過去不應使人傷感，而應令人輕鬆愉悅，興高采烈才對。那種遊戲的精神繼續，我們前面還有很多經歷要去感受。令人奇怪的是，我們的傷感都浪費在了毫無生氣的事物上。我們把周圍的事物，如我們的住所、我們的桌椅，似乎看成是和我們密不可分的。當屬於我們的老房子轉手他人時，我們感到好像房間會抵觸新的入住者；好像我們的沙發和櫃子在他人之手會不自在，好像它們更願意破爛不堪、落滿灰塵地待在我們自己的儲藏室裡，而不是被一些別人快樂地使用。這是一種幻覺，我們必須儘快擺脫。這是最脆弱的那種傷感，然而卻像某種雅致高貴的東西一樣受到許多人的珍視。如若屈從於此，就是給我們人生套上自我強加的奇異古怪的枷鎖。要說我們不喜歡生活在熟悉的環境，這毫無道理；但因為失去了這些而心傷不已卻真的是在貶損我們自己。我們必須學會很輕鬆淡然地對待生活瑣事；把我們自己囿於瑣碎的糾結中就只會導致乏味無聊，墜入精神麻木的深淵。

因此，即使是我們最久遠的回憶，也必須同樣地以輕

鬆自然的方式對待。我們必須儘量忘掉悲痛與災難。我們千萬不要把悲痛請進神龕，再設置一個祭壇，為悲慟找一個理由。我們千萬不能因為快樂逝去而心痛不已，在其墓前肅立默哀並將其視為一種榮耀，俠義和高貴。

如果這樣做，我們必須坦白地承認，這是一種軟弱，一種精神頹廢，千萬不要認為這是別人應該欽佩和尊重的事。這是上一個世紀最為低俗的情感表達之一，充分展現了人生的墮落，那時人們認為心懷悲慟，在淚水和嘆息聲中堅強地生活是一件幸事。十九世紀小說中無助的寡婦，身披黑紗，悲痛欲絕地哭天搶地，則完全是討人厭的，做作浮誇的一幕。這種做法當今已不常見，而且被視作荒唐落後的把戲，這是我們充滿生機的表現。一個深陷悲痛的人千方百計想要振作起來，恢復活力，不把悲痛的情緒帶給他人，這樣的人有俠義情懷，能得到他人強烈的同情。如果一個人整天悲傷讓他人產生不適感，並且一心想讓別人認可其忠貞和誠摯，那麼他是得不到任何人憐憫同情的。

當然，有些記憶和經歷必定會在心中打下深深的烙印，這種影響是十分強烈的，人生走向必然會由此而改變。但是，即便如此，最好還是把它們極力忘掉，讓它們離我們越遠越好──無論如何，不要沉溺其中，也不要

觸及。屈服就會耽誤朝聖的路程，就會心力憔悴地倒臥在路旁。路還是要走的，一步一步的走，虛弱無力也要努力前行，這遠好於絕望中癱倒。

寡居的查爾斯·金斯萊[44]夫人一次對朋友說，「當控制不住想念查理斯的時候，我就會逼迫自己讀最動情的小說。他就在那裡等著我，心是用來付出愛的，不是用來悲傷的。」

隨著歲月的逝去，甚至最糟糕的記憶都會變得優雅和美麗，這是劇痛過後，精力消退之後，造化的慷慨贈與。它們就像殘破的古老的灰色城堡默默無聞地矗立在綠色的山岡上，城堡腳下還有小村莊，牆垛上長滿雜草，護牆上有烏鴉做巢；它們又如峻峭的小島，洶湧的大海將其與高聳的海角隔離開來，海蓬子在小島的石縫中吐出嫩芽，海鳥在島上棲息，小島四周波浪翻湧，小島之上是吹向大陸的疾風，終日不絕。

44　查爾斯·金斯萊（Charles Kingsley，1819～1875），英國作家、牧師，幫助創立了基督教社會主義，對英國工薪階層的社會和經濟問題表現出極大的興趣，並寫過兩部關於他們的困境的小說《奧爾頓·洛克》和《酵母》，還著有歷史浪漫小說《希帕蒂亞》和《向西去啊！》以及一部詩集《仙女座》，其中收錄了他最著名的一首詩〈迪河的沙灘〉。

12. 重拾記憶

13. 再拾記憶

　　但不要忘記，畢竟記憶也有另一面，而且這一面往往是悲傷的；也不要忘記在急劇衰退的生命裡它似乎常常會變得辛酸而有害；而事實並不該如此。我想描述一點我自己的經歷，雖然這段經歷令我詫異，但它清楚地向我表明如果用記憶來給養精神，那麼它會是什麼樣，真實的它又是什麼樣。

　　不久前，我去了一趟林肯市，我父親曾在 1872 至 1877 年間在這裡任職教士和校長。自從離開這裡之後，我只來過一次，那還是 24 年前的事。我們住在這裡的時候，我還只是個伊頓公學的小男孩，所以總是放假的時候才回到這裡，回憶起這個地方除了記得學校假期這一難得的優勢外就再無其他。而且，那時我們家人也沒有什麼困難、疾病和災難。在我記憶中，那時候林肯市的大法庭也沒什麼不幸甚至悲傷的大事件，不管怎樣就是沒有痛苦的回憶。試問，有多少人能夠對庇護他們如此之久的家庭做那樣的評價呢？

　　當然，拋開記憶和想像，林肯市自身就是一個能燃起情感的地方。在天氣晴朗的日子裡，整個小城散發著絢麗的色彩 —— 建造教堂的石頭呈現出豐潤的暖色調，風化的地方則呈現出美麗的赭褐色，除了成群的教堂袖廊和高聳的尖塔給人一種無比嚴肅的感覺，整個教堂看起來有

種家庭的溫馨。林肯市光滑柔和的磚牆、鮮紅的屋頂瓦片（有什麼能比從對面山坡的花園中眺望古老宮殿磚瓦的生動鮮活的一抹紅，更令人心馳神往呢？）、煙燻色的房屋牆面、漫山遍野長滿樹木和灌木和綠植的古老花園、一片片綠地、爬滿植被的房屋，整體看起來色彩豐富，充滿生機，壯觀華麗。

我在教堂周圍轉了一下，慢慢走近，並開始感覺到，兒童時期一直所進行的探索是多麼沒有冒險精神。這是真的，我們這些孩子曾拿著父親的鑰匙串，從教堂的一頭亂走到另一頭 —— 多少個陰雨的早晨就在這裡度過 —— 所以我知道教堂的每一個樓梯、走廊、天窗、護牆、拱廊和穹形屋頂 —— 但接近它時我發現許多屋子、小巷、小街道其實我並未見過，甚至懷疑過它們的存在。

教堂裡隨處能夠喚起有關逝者的記憶，某個人生過客的清楚畫面會出現在腦海 —— 一位善良的教士，一位年輕的朋友，一位利未人[45]或殿役，或者由於不明原因而被教堂宣告為世敵的某個老住戶家的兒子。

但當我真的看到老房子時 —— 幾乎沒有改變，還是如回憶中那麼清楚 —— 我很驚訝地發現，幸福的記憶碎片似乎從每扇門每扇窗如洪流一樣襲來 —— 遊戲、美食、

45　利未人（Levite），是利未的後代，摩西來自利未部落，在摩西的律法下該部落的人被神指派從事祭司的工作。他們沒有分配到迦南地，只分配到了城市。

戲劇、文學課業、閱讀、講故事、帶著迷人的無休止的卻又毫無意義的偉大目標遊蕩（雖然這些目標還未來得及執行或實現就被遺忘或改變，但都是孩子們獨守的祕密）。

我記憶中最美好的是在僻靜的後花園和城牆的舊塔度過的漫長的夏日午後，花園灌木叢生，高高的圍牆裡還有果園。這些都成為勇敢與冒險遊戲中的堅固堡壘。我可以看到身穿長袍的父親的身影，他手裡拿著一本小書，天還未亮就在床旁來回踱步，為牧師琢磨次日還未成文的布道辭。

我記得我們這些孩子間的關係不怎麼密切；大家在一起就像幼兒園一樣，是基於善意的寬容和民主的尊重而結合在一起的自由社會；雖然也分派系、部門、政治立場和外交；但它是友好熱誠的而不是感情用事的，是因共同利益而連繫在一起的而不是靠相互付出。

譬如，我想起來的一件可笑的事。我們家一樓有一個中世紀的小房間，裝潢古怪，但為了學習，就當作是我和哥哥的書房。我猜測，八歲左右的弟弟為了顯示自己的能力抑或抗議一些可能受到的委屈和侮辱，一天早晨，趁我們不在，悄悄來到這裡，從炭火中鏟了一鍬火紅的木炭放在爐邊的地毯上，就溜之大吉了。還好火災被及時發現，當然罪魁禍首也被揪了出來。然而，這一「犯案者」所獲

得的寬容，就連幼兒園中最耐心的老師都望塵莫及。

　　這只是其中不同尋常的一件事。我本人有點害怕觸動情感的回憶，這通常於我來說似乎會勾起一種特別強烈的難以忍受的痛苦。一般來說，我不喜歡舊地重遊那些我曾鍾愛和度過快樂時光的地方，因為這無異於刻意地去挖掘已埋藏的幸福記憶並導致不必要的、無謂的痛苦。

　　不過，令我驚喜和寬慰的是，幾天前在林肯城我沒有感覺到一絲遺憾，也沒有感覺到哀傷和失落。我不想再回憶過去那一切，也不會去再次感受它，即使我能夠那樣做。重回過去的想法似乎有些幼稚；它雖然令人陶醉，讓人愉悅，可能是美妙的景色或明媚的清晨，但也就是一次甜美的經歷而已，如同夏日的一朵彩雲灑下清涼的雨滴，然後飄然逝去。但它卻是我生命中實實在在的部分，是我不可以失去的部分，是我一直應該真誠感激的部分。自此之後，人生再也不是無憂無慮的幸福光景；但在那天，當我沿著芬芳的花園小路慢步，我清楚地意識到，沒有人會希望自己的生活毫無波瀾。平靜安逸、孩童般的快樂畢竟不是生活的全部 —— 雖然很美好，但只是一種改變或者放鬆，抑或是更嚴峻人生來臨前的序幕。當我還是個孩子時，恐懼人生，討厭它的聒噪與氣息，質疑過它的殘忍與粗俗，想對它敬而遠之。但現在我對人生的感覺完全不

同；它讓人忙碌，但卻不會讓人過度忙亂，只要你有一些勇氣就可以應對人生。

確實，回首過去，一路上昏暗迷濛；好像經歷了許多絕境遇到了許多死路，路上有許多無謂的迂迴與曲折；但儘管如此，方向卻足夠清楚，不管怎樣，我清楚了我及我所關心的事情是有意義的是善意的，同樣也看清了其他人；讓我知道了，人生道路上遇到的一些令人愉快的謎題，也許會籠罩著一絲陰暗和悲傷，但很快就會煙消雲散；讓我解開了自孩童以來就無從解開的祕密，之所以未能解開這個祕密正是源於對善意大笑的抵觸，而這不過是對一個人沒能猜中答案時露出憨態並發出的笑，不過是對蘊含其中的樂趣發出的笑而已。

我認為，正是我們的急躁，也就是想要馬上完全弄清楚一切疑問的訴求給我們帶來了傷害，傷腦筋的是，想像並不能帶來任何的寬慰抑或終止痛苦，卻會使我們忽視人生的時光荏苒如白駒過隙。

所以，當我行走在以前的花園時，我很高興，不可否認這個地方曾有一塊屬於我的天地。即使高塔自身帶著他們悠揚的鐘聲碎成了灰塵，我仍保留著有關它的所有的親切回憶：曾經的生活，曾經的歡聲笑語，曾經的樣貌，曾經的擁抱都在一瞬間湧現；但它已遠去，已過去很久，

而我也並不想重回這段經歷；現在就像一個完美自然的續集，而過去的生活也只是某本美好書籍裡的甜蜜一章，沒有必要重寫。

　　所以，我回顧過去帶著喜悅和柔情 —— 甚至一種憐憫；我看到一個小孩在花園的小道上閒逛，搖晃著罌粟花瓣上的水珠，撿拾掉落在果園草地上熟透的蘋果，他不正是我麼！—— 毫無疑問；我察覺不到跟以前的我有什麼不一樣。但我有一些他沒有的東西 —— 眼界和心靈的開闊；他還未曾經歷、體驗、度過我曾經經歷過的時光，那些時光儘管有很多甜蜜但作為治療傷口的良藥也很苦澀，我不想再體驗以前的時光。不，我不想重複過去，只是希望能夠闡釋新事物和人們忽視且轉瞬經過的事物，就像這個小男孩奔跑在果實累累的花園裡。但人們想要的不是金黃芬芳的幸福外殼，而是深埋其中的種子 —— 經歷是甜蜜的，但人們很容易被過去的經歷迷惑而就此活在過去！然而，這些經歷的目的並非只是為了快樂、喜悅、興奮甚至孩童般的天真，而是為了某種堅定強大的東西，這種東西也許一開始看不出來，但最終會得以顯現，就像雕刻寶石需要拭去凹槽裡閃亮的晶沙一樣是一個緩慢的過程。

13. 再拾記憶

14. 信仰幽默

14. 信仰幽默

「心靈樂園」城堡中總是充滿歡笑；我認為這笑聲不是魯莽之人的狂笑 —— 就像《箴言》裡作者所說的在鍋下燒荊棘時發出的那種爆裂聲；狂笑是一件令人厭煩甚至討厭的事，因為笑聲並不代表人們真的愉悅，而是他們腦海中想到一些卑鄙的令人興奮的事。城堡裡的歡笑必須是輕鬆，而不是輕浮的。這笑聲也不像是心地惡毒的人因刻薄的謠言而產生的陰鬱竊笑 —— 這是生活中另一種醜陋的聲音。我認為城堡裡的笑是開朗人的笑，很開心的笑，而且他們並沒有意識到自己在笑；這是一個非常有益健康的行為。這笑聲是男男女女的歡笑，而且他們都有自己忙碌的事業，但在閒暇時光卻能發現生活中充滿歡樂 —— 快樂而健康的笑聲。我也確信這不是道德高尚且居高臨下的人為了與周圍人保持一致，在聽禱告文時看到他們笑而恰當適時地隨聲附和的笑。

幽默是「心靈樂園」的一大特色，但卻不是精心設計的幽默，而是一種來自善意且健康的幽默感；是一種輕鬆的象徵而不是有意而為；是一種由於人生奇特、人性各異、思想言論交雜（比較讓人著迷和愉悅）引起的自然而然流淌到輕鬆生活節奏裡來的東西。

很不幸的是，有那麼多的人認為內心容易震怒才是聖徒的表現，然而最偉大的聖人卻全都是那些遇事不驚的

人。他們也許痛苦，他們也許期盼轉機；但是震怒往往只是一種無用的表現，只是一種自覺的欲望，讓別人知道自己的道德水準有多高，自己的良知多麼容易被觸動。

我當然不是說，一個人聽了一個無論多麼粗俗的笑話一定要和別人一起大笑；而是在說具有最好教養和性情的人會很巧妙地應付這樣的時刻；並設法讓人知道這一點——與其說粗俗的玩笑讓人反感和指責，倒不如說這表明了開玩笑的人在忽視周圍人的權益和逾越文明禮貌的原則。

很難說幽默是什麼，也許它是一個不值得定義的東西。當言論和行為與周圍的環境不符合時就會產生。

我記得曾經看到兩個流浪漢在路邊爭論，由於酒精的作用他們有些跟跟蹌蹌。我覺得人們不應該取笑醉酒的狀態，畢竟沒有人希望以別人的醉態來取樂。我所說的兩個流浪漢衣衫襤褸，聲名狼藉。我經過的時候，其中一個衣服更為破舊的醉漢把他的帽子扔在地上，就像國王退位一樣擺出一副高高在上的姿態說：「我不想跟你一起走了。」另一個問：「你為什麼這麼說？為什麼不想跟我一起走？」那個人回答道：「是的，我不想跟你一起走。」另一個說：「我必須知道你為什麼不想跟我一起走，你必須告訴我原因！」第一個人煞是嚴肅地回答道：「好吧，我告訴你！

讓人看到我跟一個像你這樣的人走在一起會降低我的尊嚴。」

我覺得這就是那種言行與環境不符合的情況。這個男人可悲的莊嚴正經使整個場景顯得很怪誕，令人印象深刻，因為它顯示了一個隱含的行為準則，即使是墮落可憐也抹不去的準則，這個男人與附近的稻草人換了衣服也看不出來有什麼不一樣，他的生活顯然沒有過多的尊嚴可言，只是為了擺脫跟他一樣不體面的同伴，又重拾人的尊嚴而已。我認為這是一個很好的闡釋我所說的幽默的例子，因為在這一場景中可能會產生三種完全不同的情感。人們內心也許會對陷入這種狀況的人感到遺憾，同時覺得這是我們社會機制的一個恥辱。這兩個悲哀的人是美好鄉村的一個可悲的汙點！然而在這種令人沮喪的境況下，人們也能看到建立理想的一絲絲希望，我堅信，這可憐的靈魂中萌發著一種想要進步的美好理想；因為我確實毫不懷疑這可悲的生物正在一條前進的道路上，即使他的生活中毫無前景可言，他所擁有的只是悲慘的疾病和困苦，但我並不認為這是他前進之路或朝聖之旅的結束；第三，人們也許是真的被這種有失體面的場景與崇高的宣言之間的反差逗樂了，而不是邪惡地嘲笑。這三種情感根本不衝突。對此，悲觀的道德主義者可能會說，這非常令人震驚；樂

觀的道德主義者可能會說這充滿希望；而直率的幽默主義者可能只是被這荒誕行為逗樂；但，如果面對如此場景而沒被逗笑，在我看來這個人既沉悶又古板。一個人也許會因為毒蛇和猛虎的存在而感到震驚，但在我看來對完美中的失誤表示震驚，似乎只是一種虛偽的正經。人們必須「鎮定的看待生活，看待生活的全部」，雖然我們也許而且必定希望我們能在困境中掙扎向上，但我們也許仍然會對我們曾經在泥潭中留下的悲慘身影感到好笑。

　　我曾與一個為人嚴肅、舉止高雅、衣著考究的人結伴同行，並眼睜睜地看到他無助地從踏腳石上滑倒跌入河中，我可不想他掉到河裡；對於他的窘境我也深表同情，但是我感覺當時情景真是著實可笑，一想到他狼狽不堪的形象，像落湯雞一樣突然從河中露出頭，我現在還忍俊不禁。但這並不是惡意的嘲笑。我當時真不願意發生這樣的災難，如果我能阻止我會的；但是，儘管這麼說，這個事情還是太滑稽了；如果類似的事情當時發生在我身上，有人見此情景感到好笑，我是不會介意的，只要他給予我幫助和同情，並在我面前適度地壓制笑意。

　　我認為，故意設計這類狀況的所謂惡作劇才是真正可憎的。但為了讓自己一笑而委屈一個人是一回事，對保單上稱之為天災之類的境況感到好笑又是另一回事。

　　而且我很確信一點，心智健全、身體健康又通情達理的人內心必定充滿有益身心的幽默，而冷酷刻薄、品格低劣、殘酷無情的人，為了克制自己的幽默感，心已容不下半分能讓生活過得坦蕩愉快的人性了。跟一個能夠把笑話和回憶珍藏在心底的夥伴相處是最令人開心的事，因為他們肯定會回應並且很享受這些笑話和回憶；事實上我發現能夠被愉悅也是一種能力，而且已經成為我在悲傷糟糕境地中的一種調味劑，沒有比這更能緩解緊張氣氛的了。

　　我並不是說應該無休止的沉浸或追逐幽默；但真誠地被幽默愉悅開懷是勇氣和友善的象徵，也是一個人不扭捏，不自戀的象徵。幽默不應該是故意注重的東西。沒有比習慣性開玩笑的人更令人討厭的了，因為這說明此人並不注意或者在意別人的情緒。幽默應該是一種善意地隨性地與生活相融合的東西。在任何境況中，一個人看到的面越多，他的內心就一定越豐富飽滿。

　　畢竟，我們對生活報以輕鬆的態度能夠說明我們對生活充滿熱情、信心和希望。當然，如果根據我們所經歷的瑣碎記憶而得出生活是艱難的結論，我們就可能會像古老詩人所描繪的夜鶯那樣 —— 用胸膛刺向荊棘，這樣我們也許會經歷痛苦但卻能發出清脆的歌聲。但對我來說，這似乎是一種無病呻吟和一種人為的生活假像，最終導

致陷入其中不可自拔；雖然沒有被悲傷壓垮，但可以肯定地說，如果我們這樣片面地看待生活，它會妨礙我們的進步。所有的經驗告訴我們，我們不能片面；如果我們學會與那些哭泣的人一同哭泣，我們必須謹記我們也應該與歡笑的人一同歡笑。誠然，那些能夠說服我們相信在悲傷、失敗和割裂中有著某種美好的人（比如詩人），那些能夠向我們展示勇氣、耐心和堅韌無比的人，他們會給我們無窮的力量；但真正的信念是要相信人生的目的是快樂；因此，我們真應該好好感謝那些鼓勵我們快樂、大笑或微笑的人以及鼓勵我們為幽默所動的人。

因此，我們千萬不要僅為了寂寞的夢幻、甜蜜的沉思、溫柔的想像隱居在我們的城堡中；當然，城堡裡有適合做這些事情的房間，有擺滿書籍面對夕陽的小屋，有藝人、畫作、輕快音樂充斥著的寬敞客廳，有用於祈禱的光線暗淡的教堂，還有稱之為「安寧居所」的臥室 —— 朝聖者在此過夜，「醒來唱聖歌」；但是，城堡裡也有燈火通明的大廳，歡樂熙攘的人群，在這裡我們把隱祕的、惆悵的、悲傷的想法拋到一邊，輕快地融入到愉悅的人群中，當然並不是刻意地逼迫自己歡樂的動起來，而是發自內心的快樂，在這裡令人愉悅。

就在我寫這些文字的時候，一個朋友告訴我說，他最

近遇見一個人，可能是一位商人，那位商人在一次聚會上談到了我寫的東西，還就此發表了一些看法。他說我寫了很多我自己都不相信的事，然後站在一旁，以一種愉悅的心情旁觀別人去相信這些東西。對於這樣曲解我的目的而氣憤，或者感到氣憤是可笑的。實際上我認為人們絕不會因為他人的誤解而氣憤，只會因為自己的認知有偏差而對自己不滿。

確實，我曾經說過一些觀點，但後來卻又改變了想法。事實上，如果發現以前的觀點是不合理的，我希望能不斷地改變，並且儘快地改變。我認為，沒有儘量一本正地表達嚴肅的觀點，受到這樣的批評是很自然的；有許多人，像我們的朋友 —— 那位商人一樣可敬的人，他們相信，如果一個人表現的輕鬆，那麼他必定也不認真。在他們觀念中真誠與悲痛、艱辛是孿生兄弟；確實，大部分願意在大眾面前表現出悲痛艱辛的人，他們所說的話給聽眾的感覺更誠摯。但我並不認為認真與輕鬆甚至幽默是水火不容的，雖然有時候我也被指責沒有兩者兼顧。蘇格拉底對自己的觀點是非常認真的，但他的這些觀點表現的卻非常輕鬆，結果他受到懷疑並被判處死刑。我可不想因為我的觀點而被判死刑；對於我的觀點我是完全認真的，而且也從未有意說一些我不相信的事。

這裡，我還想進一步表明我的看法，我認為許多認真的人其實對他們所宣導的事業造成了很大傷害，因為他們太過看重他們的理念，以至於剝奪了這些理念的自身魅力。美德和善良顯得不是那麼具有吸引力，其中一個很重要的原因是，這些人手持著宣揚美德和善良的大旗，但他們缺乏輕鬆幽默的態度，甚至缺乏禮貌。因此，追求美德對年輕人甚至對老人來說似乎是一種非常枯燥的行為，是一種讓新教徒抵觸、無聊、萎靡、厭倦的行為，那種氛圍沉重的如同被巴珊大力的公牛 [46] 困住。正是因為我想從這些不斷惡化的影響中拯救美德 —— 這個世界上與愛並肩的最美好事物，我才把我所做的寫了出來；但我書中沒有暗含任何憤世嫉俗思想，我能挑出的最糟糕之處是幽默感，或許對一些人來說有些古怪和幼稚，但於我來說就像朝聖路上令人愉快而振奮的夥伴，伴我去尋找我所信仰的非常高尚神聖的東西。

46　「巴珊大力的公牛」，此語出自《聖經》，表示陷入困境。

14. 信仰幽默

15. 闡釋遐想

　　我還是個孩子的時候，就曾翻閱過《啟示錄》，而且到目前為止我一直認為它是《聖經》系列叢書中最好看最吸引人的一卷書；書中似乎全是豐富而暗淡的圖畫、我無法解釋也不想解釋的故事、閃閃發光的如寶石一樣的牆壁、孤獨的騎士、驚人的怪物、未解之謎，一切的一切都在孩子的想像中生根發芽。現在可以說，就像不能指責小時候熟悉的舊掛毯或圖畫一樣，我接受不了對這本書的任何非難。它們就是那樣的存在，任何改變都是不可思議的。

　　然而，從某種程度上來說，這些奇異的想像對我來說逐漸變得越來越高大；我曾以為書中的大部分內容是一種戲劇性的表演，是一種有意識地取悅觀眾的表演而已；但現在我認為它是精神生活得以維持的一種巨大的自發的力量，是先知很容易就能看到的力量。那些「日夜呼喊的聲音」、「王座前吟唱的新歌，」、「自己去看」的呼喊聲——這些只不過是大量緊要事情中的一部分，讓先知聽到的一部分。那高高在上的天堂不再是寧靜和平的寂靜之地，而是充滿激烈活動和喧囂吵鬧聲的場景[47]。

　　對「基督顯聖」的想像也越來越崇高，那是一幅奇異的景象，並不是為門徒安排的感人景象，而是對人生背後令人敬畏景致的窺視。讓我用一個簡單的比喻來闡釋：想

47　此處表示作者在思想上越來越深刻，思考的越來越多。

像一個人有一位他非常欽佩愛戴的朋友，並假設當他正在跟朋友聊天時，他的朋友突然說臨時有約要出去一下；出於好奇他跟了出去，然後看到他的朋友約見了一位男士，並且與這位男士相談甚歡，他既不卑躬屈膝也沒表現出卑微低下，而是以平等的身分與那位男士交談。當走近時他突然發現他的朋友約見的這位男士，與之交談甚歡的男士竟然是某位國務大臣，甚至國王本人！

這只是一個簡單的比喻，用來闡釋當時這些門徒們的感受。他們來到山上，期待著他們的主與他們悄悄低語，抑或主自己默默地進行禱告；然而他們卻發現他們的主身披聖光，與空中的神靈也可以說是古代世界的兩個偉大先知進行對話，講述他的計畫。

如果這只是一個為了迷惑門徒們而演繹的一場盛會，那它本是一件可悲而做作的事；但如果把這場景看成是門徒允許窺見按照救世主看不見的旨意而一直在進行著的神聖、緊迫並可怕的事情，那麼它又成了一個神祕預兆的場景。這一場景偉大的本質在於「被聽到」。驚奇和美是兩種強大的力量，它們對於我們意義非凡，當我們能夠意識到在洋洋人生大海的急促洪流中這兩種東西在時時刻刻昭示我們人生神奇之處時。我們應該意識到，生活不僅僅是我們所看到的忙碌、勞頓、艱辛，充滿喧囂和不斷發展的世

界，也不是黑暗和寂靜中燃燒的亮點；相反，我們應該意識到，生活不過是帶著無限的勇氣和力量迎著滾滾驚雷不斷向前的一樁小事，世界背後蘊藏的巨大力量、法則、活動不再是我們原來認識的風過水面波紋起、風吹林地樹頭低那麼簡單。

我們很容易被一些人生表面波動起伏的那類瑣事所吸引，以至於忘卻了引起它們的重大且隱祕的影響因素；我們一定不要忘了，我們就像是在一座宮殿的幼兒室裡玩耍的孩童，而就在我們下面的議會房間裡正在進行一場關係著成千上萬家庭生活和幸福的辯論。

因此，就像一個人包好一小包旅途上要吃的食物一樣，我們越是固化一些無關緊要的信念和觀點並認為這樣做能很好的說明我們所有的目標和問題，我們越是迷茫事情發生的真正要義。我們絕不能允許自己固化思想，滿足現成的理論認知，因為那樣的話，我們的閱歷就不會增長，我們所見識的也一定不會超越我們所期望的。每天，我們都應該為我們所遇到的所有奇妙而美好的事情感到驚喜，我們在他人臉龐上、在樹林裡、在山中、在花園裡看到的所有美好的奇妙跡象都顯示出某種巨大的力量，儘管它們經常會受挫，經常會被損壞，但依然用其無限的溫柔與耐心使世界變得精緻而美好。當然生活中也有醜陋的、

粗俗的、令人厭惡的東西在發揮作用，我們不得不面對；然而，其中大部分似乎帶著墮落腐敗氣息在與那些不該存在的東西搏鬥，以求恢復乾淨和純潔。

我常常在想是誰構想出了《啟示錄》裡的景象；如果傳說可信，那是一個被流放並囚禁在一座孤島上的基督徒，他的靈魂超越了囚禁他的懸崖峭壁和波濤洶湧的大海，在表面平靜的天堂他的靈魂發現了聚集的魔鬼和殘酷的戰爭 —— 以及超越天堂之外的聖徒們的萬丈光芒，他們興高采烈地聚集在一個到處充滿光明的美好地方。

我知道，沒有文學作品會對這些激情壯麗的景象細分整理，把它們同這樣和那樣微不足道的人類成就連繫起來，那樣做簡直是無聊至極。那不是《啟示錄》要講的奧祕！那種情況很像一位畫家為傍晚時分一起坐在帶有隔柵房間裡的兩位戀人作畫，他們握著對方的手，凝視著對方的雙眸，畫家並不琢磨現實房間裡的具體人物，而是示意愛的自我流露，示意愛得到了熱烈的回應。我認為先知的意思就是想說明，我們一定不要被憂慮焦躁的事情和日常瑣事所蒙蔽；在這不起眼的塵世壓抑狀態的背後是暗流湧動的各種巨大力量，歡呼聲與回應聲、滾滾雷鳴、熊熊烈火、無窮樂音。這完全是在啟示我們要意識到那看不見的非凡事物，去盡可能地體會每一次細微的經歷，並細細咀

嚼品味其中的滋味；不要恐懼世上最驚心動魄的情感，如愛情、悲傷、失敗；但一定要對猥瑣、卑鄙、邪惡報以憂煩之心。

或許就像《啟示錄》中的另一個景象那樣，我們登上一座山，又睏又累，因黑夜和寒冷而不知所措，因空氣稀薄而感到不適；然而，生命在一瞬間變得光芒四射，雖然榮耀萬丈但仍然是熟悉的人。我們可能一度把這看做是與年長而睿智的神靈促膝交談；這一切不僅使我們激動慌亂，而且也因此揭開了那片面紗，霎時間我們可能看到某種崇高偉大的奧祕、某種以莊重耐心和奇異宏大的方式進行的神聖過程、某種即使我們不能分享但至少知道其存在並正在等著我們的儀式，此刻，我們就會變得足夠堅強，繼續我們的道路！

16. 思想活力

　　我的一個朋友曾經做過一個奇怪的夢；似乎是在盛夏裡的一天，他走在荒野中，滿是野草，這片荒野會通向某個由花崗岩堆砌而成的懸崖峭壁。他慢慢地向那裡走去；天氣很炎熱，在一堆被太陽晒烤的岩石中，他發現了一個小小的天然形成的洞穴，洞口周圍長著羊齒蕨。太陽落山，微風拂過沼澤，他還久久地坐在那裡。就在他凝視對面一大堆石頭之時，忽然發現這堆石頭開始一眨一眨閃閃發光，光點非常之小，以至於他幾乎區分不清。突然，就像是一聲令下，這些小光點從石頭上落下形成一個光面，整個光面似乎鮮活起來，布滿了條條遊絲，彷彿是一張柔軟的銀色窗簾放下；瞬間，這些小光點落在草上，開始爬了起來；接著，他看到每一個小光點都牽帶著一條精美的遊絲；他覺得這是很大一群小蜘蛛，它們就生活在石頭表面。他走上前去查看眼前的奇景，但是，就在他起身之時，整張窗簾轉瞬間突然被拉起，似乎這些蜘蛛絲彈性非常之大；他走到石頭跟前，發現它和以前一樣堅硬無比，根本沒有任何小生物存在的跡象。「哦，」他在夢中自言自語，「這就是活石的涵義吧！」他想他意識到了，地球表面所有的岩石都這樣被賦予了生命，可以這麼說，岩石只不過是個軀殼，裝載著這些無數活生生的小生物，小的令人難以置信，絲線從小小的頭部吐出來，就像令人厭煩的

蠕蟲一樣，棲息在通向花崗岩深處的地穴之中，每隻都伸縮自如。

前幾天，我把這個夢講給一位地理學家聽，他聽後大笑，說到：「真是異想天開啊，也許裡面真的有！不管怎樣，不能肯定石頭本身沒有隱藏其中的生命；有時我常想它們巨大的凝聚力可能就是一種生命的跡象，如果生命不復存在的話，山脈可能轉瞬間成為一堆流沙。」

我的朋友說，這個夢境在他心裡留下了深刻的印象，以至於一段時間裡，他很難相信岩石深處並不隱藏著陌生的神祕的生命；事實上，自那以後，我一直認為，生命的跡象存在於所有的最為堅固最為乾枯之物中。在我來看，正如色彩比起眼睛能夠看到的更為豐富，聲音比起耳朵能夠聽到的更為尖銳或更為細膩，那麼，與我們可觸知到的相比，生命的領域在地面上、在空中、在水域裡會更為廣泛。

這似乎也讓我明白，我們應該不斷努力去揭開世上思想活力的奧祕；如果我們不能即刻理解某一思想，也不要妄加斷言，說它沒有生命力。對於書籍來說情況尤其如此。有時候，在我們大學圖書館，我從書架上取下一本舊書，當我翻看那些布滿裂紋、泛黃褪色、參差不齊的書頁時，會發現它也許是一卷有爭議的神學書籍或陳腐的哲

學書籍，而且很難想像這本書會出自於有著思想活力的人之手，或者說很難想像曾經有人會遵從那些陳腐、極端、不可靠的觀點，因為它們來源無據，導致錯誤和臆想的論斷。

書中的整個思想看起來太陳腐、太枯燥、太脫離現實，甚至讓人無法大概地想像出思想起源的心境，更不用說想像出靠這類思想滋養的心情了。

然而，我非常懷疑，人類的目的、想法和願望自從最早有史料記載以來是否有了很大的改變。當人們逐漸理解了地質學家估算構成有生命跡象的最下層 —— 三疊紀[48]岩石層距今至少有三千萬年的時間時，當人們逐漸理解了所有文字記載的歷史只不過是未付諸文字的人類洪荒時代史中的滄海一粟時，人們至少明白了隱藏於萬物之後的力量，無論被稱之為什麼，都絕不會匆匆一過，而只會不慌不忙地運行，這也是我們在短暫而匆忙的一生中終究不可能真正理解的東西。儘管如此，這種力量似乎仍有一個規律！那些史前岩石中的長角的、有肉瘤的、堅皮利甲的奇怪野獸身體結構不可思議地和我們人類一樣；他們擁有心臟、大腦、眼睛、肺、腿，而且還有和我們相似的骨骼；好

48　三疊紀，是 2.5 億至 2 億年前的一個地質時代，它位於二疊和侏羅紀之間，是中生代的第一個紀。三疊紀的開始和結束各以一次滅絕事件為象徵。雖然這段時間的岩石象徵非常明顯和清楚，其開始和結束的準確時間卻如同其它古遠的地質時代無法非常精確地被確定，其誤差在正負數百萬年。

像是，這種創造性的神祕力量在以一種周密嚴謹的形式運行，在試圖創造出一種非常明確的生物；當人們想到生物的種類甚至任由一個人設計想像生物種類時，其實生物種類也絕對不會很多。

人的思想也有同樣的延續性和統一性。從古至今，人類所關注的事物都是一樣的 —— 滿足物質需求，思考事故、疾病、衰老使肉體失去功能而無法承載靈魂時，人的靈魂又會如何。人類最美好的想法總是集中在對未來的某種期望上，以此鼓勵自己積極生活、持久隱忍、正義行事。當科學的大幕在我們面前展開，為了清楚了解我們尚未知曉的事物，我們很自然對於宗教和哲學上有關人的闡釋變得越來越沒有耐心；但是我們應該寬容對待那些古老深沉的信仰，也就是對釋迦摩尼[49]和穆罕默德[50]般精神崇高的人擁有來自神的智慧的強烈信仰。當然，在我們發現這些過去很明確的闡釋現在卻混沌不清時，我們會悲傷，這是不可避免的；如果我們無法理解它們，那麼在我們取

49　釋迦摩尼（Gautama Buddha，約西元前 624 ～ 西元前 544，一說西元前 564 ～前 484，原名悉達多‧喬達摩），古印度釋迦族人，生於古印度迦毗羅衛國（今尼泊爾南部）。本為迦毗羅衛國太子，父為淨飯王，母為摩耶夫人。佛教創始人。成佛後被稱為釋迦牟尼，尊稱為佛陀，意思是大徹大悟的人。

50　穆罕默德（Muhammad，約 570 ～ 632），是公認的伊斯蘭教的先知，伊斯蘭教的觀點是：穆罕默德不是伊斯蘭教的創始人，而是正道的復興者，他只是接受真主的啟示而傳播伊斯蘭教，東方的穆斯林普遍尊稱為穆聖。伊斯蘭一詞是阿拉伯語的音譯，原詞來自賽拉目，是和平和順從的意思。 按傳統的穆斯林傳記，他約於 570 年出生於麥加，632 年 6 月 8 日逝世於麥迪那。

而代之以某種賦予我們活力和勇氣的原則的時候，我們必須十分謹慎。我承認，對於我來說，科學上微小的確定性也比那些想像力豐富之人的最為狂熱的夢想更令人鼓舞。在這個世界，知識不容改變，它會讓我們明白我們應該明白的事物，而不是明白我們想要相信的事物，它不斷的令人耳目一新，不斷的發展進步。我感覺，我正走向我的未知，但是這些事物已然存在，不會因為我個人的願望和想像而改變。這就像一段旅程，其快樂在於將要看到的景色是意料之外的，是新奇的；如果我們完全知道我們會看到什麼的話，那麼這就是一段糟糕的旅程，如果我們可以事先確定我們想要看的景色而且最終只注視到我們想像中的畫面的話，那麼這段旅程就更糟糕。那就是經歷的魅力和妙處，根本就不是我們所能預料和期望的。某種程度上說，這段旅程因前途未知而有些令人生畏；但從許多方面來講，這段旅程要比我們所想更加豐富多彩，更為妙不可言，更加燦爛奪目。

我對那些來自於頑固不化之人的責難越來越沒有耐心，他們希望用那些為他們自己而定的微不足道的規矩來限制他人的願望和發展。那麼做非常的卑鄙，甚至可以說非常惡毒，那是由來已久的迫害他人的一種本能 ——「在任何情況下你都要假裝相信我所認為的正確思想，如若不

然，我會讓你很痛苦。」相信科學的人是不會想著迫害一個堅持不相信萬有引力的孩子的。他只會一笑而過，若無其事。萬有引力定律足以自我證明！責難常常是不想證明自己觀點的表現，並非是毋容置疑信仰的象徵。

在有人試圖來強行規定我們應該相信何事時，我們決不允許自己動搖。我們並不需要總是對此提出抗議，除非我們覺得有責任如此；我們只是把他人所認為的確定無誤的東西看成是沒有證明和無法證明的東西而已。對此問題爭論只是浪費時間；但與此同時，我們應該意識到這種頑固信仰背後所蘊含的生命力，並應該高興，即使我們認為這一生命力會誤入歧途，但它還存在。這就回到了我先前提出的觀點，那就是努力去了解塵世背後的人生對我們來說是有益的，我們要愉悅地參與其中，即使對我們來說不太真實。我們萬萬不能懷疑人生，即使患病、悲傷、老去，甚或人生離我們漸行漸遠；我們必須不惜任何代價地努力認識它，充滿熱情地親近它，即使它有時令我們難以理解，甚或令我們厭惡至極。

讓我試著用現實的問題加以闡釋。我們許多人發現自己和某一個圈子的人有著固定的關係。我們無法與之分離或者背棄他們。也許我們的生計要依賴他們，或者他們的生計要依賴我們。然而，我們可能會覺得他們粗鄙不堪，

毫無同情心,虛假刻薄,令人討厭。我們會如何為之?許
多人會對這一團糟聽之任之,只是勉強為之,雖然感覺不
被人賞識或被人誤解,但他們還是堅持做他們不喜歡的
事情,只是希望能避免意見上的直接衝突,避免造成不
愉快的場面。那樣局面毫無生氣可言!我們應該做的是找
到溝通點,即使不能充分表達我們自己的觀點和目的。我
們也應該滋養自己的美好人生,觀察其他人的生活,也許
我們可以閱讀大量的書籍、傑出人物的傳記以及富於想像
力的偉大作品和小說。我們決不能渾渾噩噩,在自己陰暗
的角落裡自怨自艾,因為生命如同奔流的江河轉眼即逝。
然而,似乎人生中事必躬親的機會有限,但至少我們能決
定自己要怎樣的人生;不要讓我們的人生像廢棄的船隻一
樣,塞滿他人的精神垃圾和殘渣,而是要記得,生命之水
能夠撐起所有的人生之舟。如若那樣,我們就沒有明白偉
大的基督福音,這是很糟糕的。我們認為 —— 我這麼說
是嚴肅的,並無意冒犯神靈 —— 生命之水就像亞他那修
信經[51]一樣,是一系列命題定理。

　　基督賦予了生命之水非常不一樣的意義。他認為渴望
之靈魂會有清涼的泉水來澆灌,使其精力恢復,生活愉
快。他並不認為其是一套教義;教義之於生活,就如同羊

51　　亞他那修信經,是基督教三大信經之一,另兩信經是使徒信經和尼西亞信經。

皮紙和地契之於莊園，這些莊園擁有森林和水域，田地和花園，房屋和村舍，活生生的人在其中來來去去，往來穿梭。如果人不去那個莊園的話，那麼擁有地契就沒有用。教義是試圖以坦率精確的語言來闡述意見和想法，溫暖和啟發人心，它居於我們人生的品質、希望和情感之中；如果我們張開雙眼，就像我的那位朋友夢中所見，在夕陽西下，涼風拂過沼澤，夜幕降臨之時，我們能看到堅硬岩石的表面滿是移動的小點兒，那迅速遊動的生命又會連成一道道光線，在黑夜中閃耀。

17. 寬厚待人

前幾天，我看到一張亨利‧菲爾波茲[52] —— 可敬的埃克塞特主教 —— 垂暮之年的相片，非常感興趣。在與牧師的訴訟案中，他損失的金錢 —— 我覺得 —— 要比史上任何一位主教都要多。這位老者坐在一把扶手椅中，穿著笨重的高筒靴，彎著腰或者說低著頭，正在讀一封信。他的臉朝向旁觀者；頭髮筆直僵硬，嘴唇突出，眉毛皺起，眼袋濃重，讓他看起來就像一頭可怕的老獅子，雖然不能再躍起，但不會忘記如何咆哮。他的臉滿是悲傷憤怒。我記得一位牧師曾跟我講過一件事，在一次神職人員的宴會中，他曾坐在這位主教旁邊，一位年輕的助理牧師坐在主教的另一邊，這位年輕人以為主教耳聾，因此非常大聲地對他講話，讓他感覺受到了冒犯。最後，主教滿臉憤怒看著他，說到：「我希望你明白，先生，我不聾！」嚇得這位年輕人惶恐不安，說不出話，也吃不下飯。這位上了年紀的主教看向我的朋友，語氣嚴肅，說到：「我不適合社交！」 如果這樣微不足道的冒犯都會令他暴跳如雷的話，他的確不適合。

這位主教還講了許多其他的痛苦經歷，許多次因為他的不快讓所有人心情不爽。他是一位英勇無畏的老人，這

52　亨利‧菲爾波茲 (Henry Phillpotts，1778～1869)，人們經常稱他為「埃克塞特的亨利」。在1830～1869期間曾任埃克塞特的英國聖公會主教，是英格蘭自十四世紀以來做主教時間最長的一個，十九世紀基督教很有影響的一個人物。

是事實，他精力充沛，才華出眾，對他認為正確之事全力以赴，勇氣非凡。我覺得這幅畫像是如此的栩栩如生，惟妙惟肖，完全不像一位年邁的基督徒或者牧長。他有一座美麗的海邊別墅，森林和花園環繞四周，他的辛勤努力讓這裡的一切井井有條，對我來說他更像是一位恬淡寡欲的羅馬皇帝，或者是一位性情不太溫和的撒都該人 [53]。人們好奇，究竟是什麼讓他從事基督教，如果把他送上猶太最高法院審判臺，他會是什麼樣的立場！

在我看來，人的一生中首先應儘量克服的性格之一是那種讓人敬畏的性格。但是，告訴一個人說他讓人敬畏，這並非是常被厭惡的那類指責。他也許寬容地表示反對，但是，對於大多數人來說，那似乎是一種力量、權位和影響的證明，是他們為自己作用重要而必須承擔的代價，是一種威望和榮譽。

當然，一位在人生舞臺上扮演過重要角色的資深、著名、威嚴的人，年輕人應該帶著某種敬畏之心去對待。但是，世界上沒有什麼魅力可與那種能夠散發高貴氣息、予人信心、喚醒情感、消除恐懼的魅力相媲美。但是，如果一個那樣的人物隨心所欲、直率尖刻地表達想法，對弱小或無知毫無垂憐之心，那麼他實際上可能真是一個非常可

53　撒都該人，猶太教一個派別的教民，信奉《律法書》而不信靈魂永生和肉體復活說。

怕的大人物了。

　　親近是基督教徒首要的美德之一；但要做到這一點並不總是很容易，因為一個有影響力和能力的人，如果謙遜靦腆，隨著年歲的增長，他會忘記他給人帶來的影響。當他與人辯論被指責被駁斥的啞口無言時，他也根本不會覺得自己與年輕時有何不同。隨著他變得越來越溫順和自尊，他會覺得世界更加友善，生活更加輕鬆，當然，如果他變得更偉大、更淳樸、更親切的話，無疑象徵著他擁有高貴美好的品格。

　　前幾天，在我出席的一次會議上，除了其他的發言者，有兩位著名人士發言，讓我很感興趣。第一個是一位很有名望和聲譽的人，他的演講文辭優美，內容深奧而且言語溫和；但是，或者出於其天性靦腆，或者出於其天性嚴肅，他從未微笑也從不看聽眾；因此，儘管，他的演講精彩絕倫，可是他卻根本沒有打動我們。第二個人的演講明顯平淡無奇的多，但是演講者，從最開始，就友好的環顧周圍，對著聽眾面帶微笑；他演講時始終如此，因此人們立刻就覺得和藹可親，交流融洽，我覺得他講的每一句話都是對我說的。這就是所說的親近感！

　　我們保持詩歌精神的最好方式 —— 我說的詩歌精神指更為崇高、更為甜美、更為純粹的思想影響力，它居於

人的內心 ── 就是親近，就是坦誠地說出你崇拜什麼，你喜愛什麼，是什麼令你感動，是什麼令你專注於內心的美好生活。對於年輕人來說，並非總是可以這樣去做，這樣做也並非總是恰當的，其理由也並非都是不好的。年輕人不應該操之過急，想要在談話中占據上風，也不應該過於公然對他們長者比較嚴肅乏味的話語表示出不耐煩；過後，所有的一切也都會自然明之以理的；人不能總讓自己精神緊張；最好的，最恰當的往往是點到為止和含蓄暗示，並不一定要大動干戈地爭辯。

有一個故事，是關於一位偉大的藝術家的，這位藝術家富有同情心，友善可親。一天之間，來了三批人向他傾訴煩惱苦楚。晚上，藝術家把這件事告訴了他的妻子。他說他擔心第三波來訪者會認為他陌生冷淡，甚至會覺得他刻薄無情。「事實是，」他說，「我的同情心真的用光了。前兩批人所說之事讓我備受煎熬，我已經無法再表達我的難過之情了。我說我非常難過，我內心深處對此感到非常難過，但是我無法再感受難過的心情了。我已經付出了我所有的同情之心了；當井已經沒有水了，再來這兒，就沒有用了。」這個故事表明，人是無法控制情感的，人不可以把思想，甚至是美的思想強加於人。我們必須等待時機，我們必須使自己適應，我們不可以時而順應時機，時

而不合時宜。我們也不能完全任情緒擺布。在宗教上,禮拜的原則就是要讓我們知道我們應該整齊有規矩地來表達宗教情感。當我們嘴上說我們是可恥的罪人時,我們心裡卻並非總是這樣想;然而,有時我們嘴上不說自己是可恥的罪人,但心裡卻覺得自己就是罪人。最好的方式是坦白說出我們所知道的,即使此刻,我們並不覺得那是事實。

那麼,我們就不應該總是出於謙卑而自我克制,迴避我們在乎的事情。有時候,愚蠢的靦腆會使得兩個富有同情心的人不能暢所欲言他們的真實願望和興趣。在英格蘭,我們尤其害怕那種我們所謂的自負。總體來說,那倒是一個好趨勢,但是往往會造成我們缺乏思維靈活性。我們應該擔心的不是認真和真誠,而是一本正經、妄自尊大。我們應該樂於接受情緒的短瞬變化,甚至要樂於看到神聖美好事物詼諧的一面。有些人認為對神聖的東西發笑是不能容忍的,由此帶來的壓抑也是巨大的。有些人習慣於說「我對此深有感觸」而打斷某一話題的繼續,實際上這是談話中最讓人感覺不自然的做法。那是真正的自負,認為我們的理由比起他人的理由更充分,我們的目比起他人的目的更純粹,我們才有權來確定標準。故作優越是自負之人的標籤;我們應該對此保持警醒。

《福音書》宣導人坦率真誠、直言不諱、開誠布公,讓

光明照耀大地；不可以彼此挑釁，不可以居高臨下，不可以一本正經。對於每個人來說，擁有一個或者幾個朋友並能與之真誠地交流其關心和重視的事情，是一件樂事；他也可以和朋友這樣說：「我現在不能聊這些事；我現在沒有心情，腦子裡一團亂麻」；這麼說很正常，而且符合人性；不會迫使人性扭曲，而且也不會使人顯得魯莽無禮、粗心冷漠和俗不可耐。如果一個人覺得與朋友關係密切就可以粗魯無禮、庸俗無聊、大吵大鬧、吹毛求疵，那他可能犯了大忌。有時候他也許覺得做這些事也沒什麼，而且也很高興有這麼一個可以發脾氣的對象，他認為他永遠不會被一個惺惺相惜的好朋友誤解的。但是這麼做時一定要有度，一定不要任著性子來；坦率真誠不可以墮落成粗野無禮，隨性不能成為干涉朋友自由的藉口。當感到那樣做適得其反時，就應該讓自己謙恭禮貌、興致盎然、性情趨於溫和起來，一個人應該銘記這一行為準則，而且，如果必須那樣做的話，也一定不要針對人性善良的一面肆意蹂躪。人最不能做的就是有意地利用影響力。對於許多天性善良的人來說，那就是一個令人悲哀的誘惑。當一個人看到性格脆弱但有魅力的人時，似乎就產生一種好為人師的心理，希望對他教育、塑造而使之堅強。如果是一位專業教師的話，他有時不得不這樣做；但是即使那樣，強迫而

不是引導也一定會遭到極大的抗拒。

　　對於那些喜歡談論勢力範圍並以有意影響他人生活為樂的人，我總是持極大的懷疑態度。如果為了開心而經常這樣做，那真是糟糕透頂了。對此唯一可以原諒的理由是，一個人真的關心他人並希望幫助他們；一個人不能把自己的喜好和個性強加於人，唯一的希望是讓這些人培養自己的個性。其他人不應該成為我們的「難題」，他們也許令人難解，但那完全是另一回事。如果可以的話，唯一的方式就是去愛人。祕訣就是，找到他們身上的可愛之處，而不是試圖發現他們身上可塑之處。有一位聰明睿智的女士，她知道自己喜好教導他人，曾經對我說，她的一位朋友奉勸她應該把一些事情交給上帝去做！

　　我認識一位很讓人心煩的好人，曾因我做事不認真，嚴肅地訓誡過我。我當時沒有控制住情緒，說：「你讓我感到很難堪，你不應該武斷地認為我必須認真對待我覺得非常不靠譜的事。」他回應道：「你沒有細想這裡可能涉及的問題嚴重性。」我回敬說，總是嚴肅地對待一切似乎會讓生活沉悶無趣，也不健康。我這位吹毛求疵的朋友嘆了口氣，搖了搖頭。

　　我們不能強迫任何人去做好事。我們做好事也許是出於良心安慰，也許就是為了解決眼前問題；但做好事的願

望須是自由和寬厚的，這才是人性根本改變的唯一希望。存在於我們許多人身上的可憎的清教徒品德 —— 我所了解的最不符合基督教義的東西 —— 讓我們錯誤地認為懲戒必須是陰鬱的才會起作用；但那是法庭和監獄的懲戒之策，自從創世紀以來從未有過任何糾正。邪惡幾乎總是，也許總是一個道德頑疾，總有一天我們會明白，用殘酷的方式懲罰犯罪的人，就如同因患傷寒而讓一個人踏上跑步機一樣。我只能說，隨著我對人們了解的越多，年紀越大，我發覺他們愈發可親、溫良、和藹。

　　卡萊爾的人生經歷對我來說似乎是當前最有說服力的例子之一，能夠證明我一直以來所宣導的觀點。這位老人如此醉心於強迫人們伸張正義，如此熱衷於四處激憤勸罵，以至於他失去了最真誠美好的愛的表達方式。他傷透了妻子的心，事實也確實如此。卡萊爾夫人也是一位性格鮮明的女士，她的銳利也傷害了她自己，令她痛苦。但是這對夫妻間的真愛、忠誠以及俠義情懷就是一百對夫妻放一起也無法比擬。然而，世人看到卡萊爾一生都在跺腳責罵，從沒有看到什麼東西會接近他。他的人生不是勝利而是巨大的失敗，但他的失敗讓人最終明白，一個人首先得自己有一些信仰才有可能讓他人跟隨自己的腳步，那麼這個人才會有崇高和偉大的表現。從這一點來說，我敬佩他

的一生。

18. 學會包容

　　但是有一句話我們必須始終牢記在心，熱心腸的人尤其必須記住，那就是，我們生活中的快樂和興趣一定是廣泛的、寬容的、富有同情心的，我們不僅要接受而且要歡迎各種各樣的興趣愛好。最重要的是，我們必須準備好既要對我們不喜歡之人感興趣，又要從他們那找到樂趣。關鍵是頭腦必須清醒，思路必須清楚，而不是遲鈍，毫無光彩。熱情之人往往能夠強烈而熱切地感受到某種甜美的快樂，但令人遺憾的是，他們傾向於把自己的偏好強加於他人身上，不相信他人所愛之物的價值。因此，熱切感受到希臘經典著作之美的人可能會堅持認為男孩成長過程中應該閱讀這些書籍；同樣的事情在其他方面也會發生。我們不可以用我們自己的審美和偏好來制定道德法則，我們不應該反對他人感受到的別樣美好。那是犯下了和拉斯金一樣的錯誤，拉斯金無法容忍其他人有自己的喜好，認為背離他的標準就是罪，這是不對的。如果我們堅持一切合乎自己要求的話，就會了無生趣；但是，如果因為他們的觀點與我們的不同，而惡言相向或者謾罵質疑他們的目的，那麼我們就違背了「愛與光明」的人生準則。正是那種狹隘意識引起了耶穌的指責，這是他曾說出的最為嚴厲的指責。法利賽人 [54] 試圖質疑基督教義，在他們的描述下，耶

54　法利賽人，是古代猶太教的一個派別，標榜墨守傳統禮儀，是偽善者的代名詞。

穌是罪惡的化身；因為自己的信仰太過狹隘而無法包容其他，就視那些美好的行為和信仰為罪惡的這種罪，就是耶穌所說的不可寬恕的罪。

前幾天，我親身經歷了一次這種情況，可以很清楚地說明我複述這件事情的意義所在。我曾寫過一本書，名字為《曙光中的少年》，這本書重點是要用一則寓言故事，來說明我的真摯信念，我由衷的認為人有來生，而且還會有生命、經歷和成長。一位女士寫了一封信給我，言辭有失禮貌，在信中她說她認為人死後就是安息，她堅信我的觀點是不符合基督教義的，是完全錯誤的。有人認為，虔誠、仁愛、熱切的靈魂只有在某種懶惰的滿足中才會有永生，而對愛、真理和正義之事只能袖手旁觀，這種見解無疑毫無根據，也站不住腳！要注定如此冷漠無情，要渾渾噩噩地度過漫長歲月，耽於享樂，這樣的天堂福樂對於充滿活力和愛的靈魂還有什麼樂趣可言？如果天堂還有任何意義的話，就一定能實現我們最大的、最積極的抱負；徹頭徹尾懶惰成性的天堂對於所有高貴的天性來說就是煉獄或者地獄。但是，這個可憐的人，無疑是厭倦了生活和生活所帶來的焦慮，受不了生活中的痛苦悲傷，她不僅僅渴望獨自一人的徹底的安靜休息，而且也一定要把她的觀點強加給全世界。我不會因為他人渴望安寧休息而加以責

備；但是想要駁斥擊垮和自己有不同想法和希望的人的觀點 —— 因為她毫不掩飾她的觀點 —— 對我來說卻是非常的卑鄙無恥。唉！那就是許多人在說他們相信某件事情時所要表達的意思，也就是說，要是和他們希望相悖的話，他們就會惱火。

我確信，我們應該竭盡全力對任何勇氣、活力和快樂報以歡迎姿態，即使這些似乎源於與我們自己原則完全相悖的原則。我們對人了解的越多，就越應該明白，世間一半的麻煩來自於我們把同樣的原則賦予了不同的名字。我們不是要放棄我們自己的原則，而是我們一定要謹防不去干涉他人的原則。

因此，只要他們不是想要把他們的信仰強加給我們，即使他們對我們的喜好和原則挑剔，認為我們的那些喜好和原則異想天開、感情用事、缺乏說服力、易受外界影響，我們也絕不可因此而心煩意亂，更不能惱羞成怒。他們這樣做當然是不對的，但是我們必須意識到這或是因為愚蠢，或是因為缺少同情心，亦或是因為太過強烈真誠地認同了某個錯誤觀點。我們決不能犯同樣的錯誤；我們可以盡力說服他人，最好使用例子來勸說，而不是爭論來說服別人，但是我們絕不可以允許自己嘲弄譏笑他人，更不能允許自己辱罵誹謗他人。我們更要盡力去理解另一種觀

點，即使我們無法理解，也要默認此觀點可能是成立的。我們一定要相信，如果一個人的生活充滿活力、無私、快樂、熱忱、平和，那麼這個人必定是受到了美好精神的鼓舞。我們必須相信，他們看到了源於這種精神的美好和快樂。但凡他們讓人明白他們對生活的詮釋、豐富的動機、對粗俗低下卑鄙的抵制，我們就應該感到開心。我們真心希望 —— 我們也可以盡力說服 —— 他們的願望和目的更加廣泛、更加豐富、更加包容，但是，如果我們因為其與我們自己的願望和目的不一致而拒絕接納，那麼我們自己的願望就會籠罩上陰影，因為不管怎樣，我們一定是希望這個世界可以更加幸福、更加豐富、更加快樂，即使我們本人對其發展路線並不贊成。

我認識許多善良的人，他們都渴望提高自己的幸福程度，但考慮的只是自己的幸福；他們覺得他們準確估算了快樂該有的數量和品質，他們把他們自己感受不到的快樂都視為一種罪惡，認為其違背了真理。我經常思考，正是因為這些想法，家庭中的許多不幸福才會出現，上了年紀的人意識不到世界的進步，也意識不到新觀念已經成為前沿，陳舊的觀念正在逐漸消亡、變質。他們看到他們的孩子喜歡各種觀念、各種職業，閱讀新書籍，享受新快樂；他們盡力去壓制和反對這些事物，而不是盡力去參與，也

不相信他們的單純和天性，結果孩子們只能隱藏起他們的感情和願望，如果他們不是對這些事物感到羞恥的話，有時候就會偷偷地有些鬱悶地堅持自我，並計畫著如何儘早逃離這溫和又令人焦慮的約束，走進他們自己的真實世界。最令人悲哀的是，年輕一代沒能因此汲取經驗教訓；當他們有了自己的家庭和孩子之後，同樣的悲劇再次重演，他們的做法就像他們父母的做法一樣，他們自我安慰道：「我父母當年看重的那些真的不重要，讓我失去了信心；但我現在對一些做法所持的反對意見，是非常有道理的，是無可非議的，我的孩子必須相信我，我知道什麼是對的。」

我們必須清楚，豁達和同情是處理事物時最重要的，也要明白，如果我們踏上尋求快樂的征程，我們就應該期望發現世界上更多的快樂，即使有些我們無法理解。當然，我們可能會懷疑那些有害的快樂，那些源於自我享受、粗野好鬥、無知揮霍、醜陋放蕩的快樂 —— 所有這些快樂無疑伴隨著悲傷和痛苦；但是，如果我們看到的是可以帶來自我約束、活力四射、益處無窮和積極向上的快樂，我們就應該承認其神聖不可侵犯。

當然，我們可以有我們個人的幻想，我們的幸福追求，我們的美好快樂；我們可以將其付諸實踐，因為我們

確信這些東西的內在活力能夠顯而易見地增加我們的幸福。但是，如果我們真要引導他人的話，這個引導就一定要像路標一樣，指出路的岔口，讓別人弄明白選擇哪一條路，不要像員警一樣，強制實施我們自創的權威法則。

所有幫助我們、激勵我們、安慰我們、支持我們、賦予我們活力的東西於我們來說都是合理的；對此我們永遠無需懷疑，如果我們快樂不是建立在他人付出的基礎上的話；我們必須允許和鼓勵他人擁有同樣的自由來選擇他們自己的安寧、他們自己的快樂、他們自己的精神支點。如果一位主人力勸客人吃他喜歡吃的食物，喝他喜歡喝的飲料，做他喜歡做的事情，你會怎麼看待這位主人呢？然而，在其他諸如精神與思想等的意識形態領域，這恰恰是許多本心良善的人一直在做的事。

在所有這一切中，我們不得不擔心的一件事就是，我們漸漸地變得好逸惡勞，獨自享樂，遮掩隱藏我們自己的幸福。我們必須用一件事來衡量我們的快樂效果，而且也只有這樣一件事能衡量 —— 我們的情感和同情心是否增加，也就是對他人的思想和人生抱有的熱情。如果我們最終只是希望遠離這一切，希望在一個我們設想的祕密洞穴中啃食那些人生中打拼的成果，希望透過冷漠來獲得寧靜，那麼我們就一定要拋開這些想法；但是如果我們的思

想讓我們進入了一個充滿希望、活力、熱情的世界，最重要的是充滿慈愛，那麼我們就無需擔憂焦慮；我們可以像朝聖者一樣，走進舒適的房間來恢復精神，在那裡，我們可以興致勃勃地欣賞畫作，看蜘蛛，看家禽，看這個地方一切令人愉快的美好事物；我們可以在路旁涼亭裡休憩，來品嘗香甜的美酒和美味的蜜餞，站在微風習習的山頂，欣賞比烏拉[55]的溪谷美景，眺望遠處青翠的群山高聳入雲，屹立於天邊。

55　比烏拉，是《聖經・以賽亞書》中的以色列土地。

19. 評說科學

幾天前，我讀了一本特別直白的書，書中滲透著一種武斷傲慢的氣息，此書作者特別關注所謂的宇宙機械理論。書中描述的世界就像是一個沙漠，狂風翻卷著沙土飛揚。透過作者的眼睛我看到的世界只有風和沙土。他其中的一個觀點是，每一個傳經大腦的想法都是因為大腦中的粒子改變而形成的。因此，哲學、宗教和生活本身只不過是被無形的風和運動翻卷著的沙子，僅此而已。他一遍又一遍用他那枯燥無味的方式強調說，沒有事實支持的任何理論都是無用的，而且哪怕留下的只是尚未解釋清楚的思想一角，我們也應該儘快找到更多的事實依據，將最後的謎團解開。

但是在我讀到這裡的時候，我感覺此書在說人類的思想就如其他事實一樣是事實，當一個人想像到美的事物，或者在悲痛之中希望降臨到他身上時，此時發生的事情就如同現實的中事件，真實的如同大腦中的一顆粒子，翻滾著，匍匐著去靠近另一個粒子。我並不是說所有宗教哲學理論都是正確的，而是說，它們都是真實存在的，過去存在，現在存在，他們不會消失。當然，在理解一個理論時，我們一定不能忽視一套事實而完全依靠另一套事實。但是我相信，人類的強烈而又可憐的欲望會想去了解他們為什麼在這裡，他們這樣做時為什麼會有感覺，他們

為什麼要忍受痛苦和享受快樂，等待他們的是什麼，這些事實就像從傷口處滴下來的血液，在太陽底下舒展開的葉子一樣有意義。作者最後得出的令人欣慰振奮的結論就是，我們只是一組動畫玩偶，是憑藉一種他稱之為力的東西的作用使沙與水漂浮而形成。但假如真是這樣的話，為什麼我們所有人都從未真正感到滿足，為什麼我們還會有愛有恨，還希望自己與眾不同呢？我仍然相信有一種精神是和我們的希望與夢想分割不開的，比如一些個人特有的美好、慈愛、純潔的品格，比如一些不被地球束縛，自由自在的東西。我們自身經歷過的以及等待我們去經歷的，使得我們自己本身與其他人完全區分開來，使我們特點鮮明，這在我看來，其他所有事實依據與這一點相比都黯然失色。還有另外的大量事實是，大家都是相似的個體，這一點我們是能夠辨別、認知的，而且也是我們非常渴望的，並非是排斥的。我們的思想與他人的思想相融合，或者我們的思想傳遞給他們，或者他們的思想傳遞給我們，最終成為堅不可分的一體。

當一個戀愛中的人知道他的愛是可以被解答的，而且知道這一切是大腦分子活動的結果，這樣真的會使他高興嗎？在我看來，這樣的言論似乎並不是愚蠢，倒像個口齒伶俐的愚笨小孩推脫責任的說辭。我認為我們真應當好好

地跟這位科學家談一下了,就像蘭斯洛特爵士非常禮貌地跟那位多管閒事的騎士說話那樣,讓他知道他所提供的服務沒有必要,我們此時也不需要他的理論。

我的這些表述並不是在說,這項科學研究是錯誤的或是無用的。而恰恰相反,神的旨意就掩藏在我們周圍瑣碎的物質事物中;去探索它是一件非常自然甚至可以說是非常高尚的工作。但是如果它引導我們做出我們現在還不能合情合理得出的結論,那樣做就是不對的。那是用解釋事物可見性的方法來解釋不可見性的推理,是不合理的!

在此讓我引用一句高妙的句子,這句話對我幫助很大,當我要有別的想法時,它總是提醒著我思想終究是物質一樣的真實存在。這句話是一位有智慧又溫柔的哲學家威廉·詹姆斯[56]所寫。他從來不會違背自己對於真理與現實的嚴格標準,並去蔑視單純善良人們的平凡夢想和渴望。他寫道:「說人有一種對看不見的存在的感知,許多優秀人士在最美好的年華會經歷這一感知,有些人在深沉的思索中會感受這一感知,美好人生離不開這一感知,力量源於這一感知,我認為這種認知有失偏頗 —— 我說的

56　威廉·詹姆斯 (William James,1842～1910),美國心理學家和哲學家,美國機能主義心理學和實用主義哲學的先驅,美國心理學會創始人之一,建立美國第一個心理實驗室,曾當選美國心理學會主席,國家科學院院士。他的一句名言被後人牢記:「播下一種行為,收獲一種習慣;播下一種習慣,收獲一種性格;播下一種性格,收獲一種命運。」代表作:《心理學原理》、《人的不朽》、《真理的意義:實用主義的後果》等。

意思是，不把那種感知跟人生目的重大意義連繫起來是可笑的，而且，如果把那種感知跟另外一個有關客觀存在的哲學調合在一起，則尤其荒謬。」

那是非常寬泛而包容的表述，既沒有倉促的得出確定性結論，又表現出對無法用清楚有說服力並符合邏輯的方式表達的熱誠願景抱以美好同情。

我在此拙作中所說的話並非是對職業哲學家和科學家所說，因為他們從事的是知識研究，而是對那些只能實事求是生活的人所言，因為大多數人的生活就是如此。我祈求他們不要被科學或宗教的教條主義者所震懾，所迷惑。毫無疑問，我們都喜歡弄清一切，希望我們的所有困惑都得以解決，但是我們用宗教、哲學甚至科學的方式都不可能了解一切。我們必須安於不去了解。但是，因為我們不知道不了解，所以我們才有必要去感知，所以我們才沒有理由將整個謎題擱置一旁視而不見而只做我們喜歡做的。我們也許心存敬仰、希望和愛意，這三件都是我們應該做的事。對我來說，既可能又理想的目標——在此我僅代表一個個人觀點——是盡可能地按美的規律生活，不屈服於使我們靈魂感到羞恥和侮辱的事情，不捲入衝突的泥潭，不跌入痛苦的吹毛求疵深淵，不讓自己被生活憂慮弄的焦躁不安，清楚明白地告訴自己「我不會接受狹隘、卑

鄙、自私的思想，但如果它是寬容、善良、高尚的，我會欣然接受並加以遵循。」比較清楚可鑑的生活法則之一就是，我們可以改掉習慣。如果我們願意，我們可以透過祈禱、洋溢著激情、滿懷著信心地開始我們的一天，就像沖個澡上個廁所來開始新的一天一樣。我們可以這樣對自己說「今天，我一定要開心、幽默，充滿活力，待人友善。」這些能量與潛力是客觀存在的，即使我們被失望、焦慮和痛苦的陰霾籠罩著，我們也可以表現得能量滿滿，就像這些東西不曾存在一樣，因為一定會有一種真實的、高尚的快樂來遣散陰影和麻煩，不讓它們侵襲我們。我們沒必要控制內心或者假裝快樂，我們常常不向愛我們的人傾訴煩惱，其實，他們願意給予我們安慰，並從中獲得更大的快樂。我們可以使我們的想法更切實際一些，因為生活中大多數的不如意往往是由於我們不應該懶散的時候選擇了懶散，應該愜意的時候選擇了忙碌。在這些方面，一個小小的計畫就會對我們有很大幫助，習慣也會很快形成。我們不知道我們自身選擇力有多大，這的確是事實，但是，假如我們有選擇力的話，這也許是錯覺，假如能稱之為錯覺的話，那麼這種錯覺遠比大腦中分子的運動更真實。

接著就會有另一個事實變得愈發清楚，也就是所謂的暗示。假如我們可以把一種想法鑲進大腦，不是進入我們

的邏輯推理區，而是進入我們大腦內部的天生物理區，無論這是一個卑鄙的還是高尚的想法，它似乎都無意識的侵入我們的思想當中，即使當我們好像已經將之忘得一乾二淨，它依舊會不停的繁衍氾濫。我相信這就是禱告的作用之一，我們可以將之滲入到思想之中，使之整天如影隨形的跟著我們，因此，這不僅僅是一種虔誠的習慣或者傳統來度過一天伊始，我們也可以滋養愉悅、豁達的希望，正如早餐之於身體，力量泉源之於精神一樣。我發現，在這樣的時刻讀一些細膩的、豐富的、優美的或者有著高尚思想的書籍對我們身心健康是大有裨益的。

有許多人工作很努力，但在清醒時刻大腦就充斥著古怪、虛幻的悲觀情緒，我認為這是一種思想饑渴，它渴望餵養，但，這種情緒會伴隨著一種非常短暫、清楚而又充滿希望的憂慮，至少在我身上是這樣的，這時的美好想法之於我就如泉水之於乾渴的人。因此，大多數時候，我會儘快將那樣時刻產生的美好想法置於大腦深處，就像人們常看到的明亮硬幣閃閃發光墜入池塘深處一樣，或者用一個更普通的比喻，就像落入杯底的糖，使水變甜。

這些都是不起眼的小事，但是，正是透過這些平凡的經驗而非大理論讓我們獲得快樂。

19. 評說科學

19. 評說科學

20. 逃離紛擾

　　帶著一種解脫感，我走出矮矮的拱門，感受陽光的普照。會議已經結束，我們各自散去。在這間舊的小房間裡我們坐了一兩個小時，一群精力旺盛的人討論一件小事，大家態度友好，熱情洋溢，想法新穎。我的發言不溫不火，但足以感受到了其中的快樂。

　　然後，我獨自騎上自行車進入芳香四溢的鄉野，置身於觸手可及的綠色與深藍之中。上有靚麗的天空，下有黑色的土地，在這片空間裡生命體盡情舒展。陽光燦爛，微風徐徐，一切那麼安靜。在我腳下冰冷的石頭深處，隱藏著泉水的奧祕，在那之下或許是蓄積的熾熱和被固封的火焰。

　　這一切意味著什麼呢？我們一直在忙碌著什麼呢？引發我們思考和激發我們表達的意義何在呢？茫茫宇宙中所有這些又扮演了什麼角色呢？

　　開滿鮮花的荊棘樹散發出溫馨的香氣 —— 它的表現足夠優美，而這不也正是我們一直在笨拙地做著的事情嗎？荊棘樹也是活著的生命體，專注著自己的生機，元氣滿滿，香味湧動，花蕾綻放。金翅啄木鳥保持著身體平衡沿著籬笆飛舞，麻雀繞著乾草堆嘰嘰喳喳不停，公雞一邊覓食一邊啼鳴，所有的生命都熱愛著自己的生活，好像在向世界宣布他們活著並忙碌著。到處是一派活潑生動、令

人驚喜和充滿激情的氣息，有種東西被觸動，有種東西在表達 —— 然而，究其原因我無從知曉，所有生命皆如此。

這種情形會讓人想起古詩，就像夏天的閃電一樣開始不斷在腦海中閃現。果園裡花朵繽紛，兩個隔著花海的孩子正在呼朋引伴；小路上走來一位皮膚黝黑、無憂無慮、舉止優雅的牧童，雖然身著粗糙布衣但掩飾不住他勻稱的四肢和從容的動作。他用多利安語[57]問我時間。西西里島[58]上的牧羊人聚在一起吹著排笛，畫面美不勝收；然而我和男孩腦子裡想的不可能一樣！

所有歌頌過春天的詩人都難以有那天我感受到的美妙。然而沒有哲學家或牧師告訴過我這其中的奧祕是什麼，為什麼如此不停地煥然一新；但至少有一點是很明確的，這一切給我帶來的心情是非常快樂的，這種心境讓我渴望分享。

一小時之後，我又回到了乏味的工作狀態，原因無他，只是因為這是我的責任 —— 無非是修改一大捆枯燥的試卷。透過精心設計的問題讓同學了解一些事實很無聊，意義不大，除非他能用一些活生生的東西來填補事實

57　多利安語，是古時候的希臘方言。
58　西西里島，地中海上最大的島嶼，也是義大利面積最大的省份，這裡迷人的自然風景與人文風景非常和諧地融合為一體。這裡曾經居住過希臘人、古羅馬人、拜占庭人、阿拉伯人、諾曼人、施瓦本人、西班牙人等，他們的文化已然印證在這裡。

的空架子，否則不值得人們在這上浪費時間。我敢說，在全國各地擁擠的教室裡，有許許多多同學正在接受著這些事實的灌輸，一眼看不出這有什麼意義，但還要記住我所操縱的那類問題的答案。令人困惑的是，我們固執地認為這樣的操練是我們人生的一部分。這種操練真的和我們人生關係很大嗎？正如那位睿智卻懶散的老詹森博士所說，對他來講，活著的時候永遠不想再聽見布匿戰爭[59]！他又強調說，「如果你教導你的女兒們，讓她們知道行星的直徑，當你教導完的時候，你會懷疑為什麼最後她們卻想讓你離開。」

難道我們不能以某種方式讓生活簡單化嗎？我們為什麼就認定我們能夠啟發那麼多孩子呢？對這些東西不過分強調、浮誇、複雜化而是更直接化，表達更多我們的真實感受，做更多天性使然的事情，對我們來說，就那麼不可能嗎？

我們一直保持著生活的快節奏，越來越遠離修心養性的森林與田野，想到這些，我的心一陣陣劇痛！所有這些都是因為我們想要的永遠比我們需要的多，而且我們從不滿足，除非我們被他人羨慕和嫉妒。

59　布匿戰爭，是在古羅馬和古迦太基兩個古代奴隸制國家之間為爭奪地中海西部統治權而進行的一場著名戰爭，名字來自當時羅馬對迦太基的稱呼「布匿庫斯」，西元前 264 ～西元前 146 年，兩國為爭奪地中海沿岸霸權發生了三次戰爭（第一次、第二次、第三次布匿戰爭）。

對於我來說，治癒這一頑疾的最佳方法是，擁有樸實簡單的人生，按自己的方式生活，睜大雙眼去尋找圍繞在我們周圍的簡單快樂。

　　我不信仰人生精心複雜的安排，我認為我們可能裹挾其中，但我們不可以參與其中。我不相信轟轟烈烈的反叛，我相信和平的變革；這也是我在此書《心靈樂園》中所秉持的信念。我認為，我們在日復一日的生活中應該清理出一個空間來存放感知、希望和快樂。這是我們首先應該做到的，然後與大自然的美和諧共生，讓它的芳香浸入我們的思想和心靈，最後，我們會感到精神煥然一新，也能發現我們周圍人的思想和心靈的美麗和活力。人生是複雜的，不是因為人生中遇到的問題不夠簡單，而是因為我們大多數人太不能接受別人的不同意見。

　　在有關騎士精神的古典書籍中，心底秉持著相同信念的男人間卻似乎有著無盡的不必要的爭論與搏鬥，他們會因為小小的分歧而展開一場你死我活的拼殺，雙方都想置對方於死地，儘管慘敗者也同樣熱愛生命。曾有兩個勇敢騎士，蘭馬婁克騎士[60]和米利亞格朗斯騎士[61]為了證明哪一位貴婦更有魅力進行了一場搏鬥，雙方廝殺得甲冑橫

60　蘭馬婁克騎士（Sir. Lamorak），是亞瑟王手下圓桌騎士之一，與蘭斯洛特和特裡斯坦並稱「不列顛的獅子」。

61　米利亞格朗斯騎士（Sir. Meliagraunce），是亞瑟王時代比較邪惡的騎士。

飛、骨頭斷裂、鮮血噴濺；其實當一切結束時，根本證明不了哪一位貴婦更迷人，唯一能說明的是兩個騎士中哪個更強壯而已！而如今，我們似乎也在做著同樣的事情，只不過我們是在試著去傷害別人的心和思想，最終讓他感到害怕和疑慮，讓他一整天被陰雲籠罩並失去工作活力。在過去的幾周時間裡，有幾位熱誠的神職人員一直在努力地撰寫基督教派的時事通訊，裡面都是滔滔洪水般虔誠的咒罵言辭，這些抨擊也涉及到一個有關考古的技術問題，讓我顯得荒唐可笑，因為我與他們的觀點不同。值得慶幸的是，我承認，隨著年齡的增長，我根本不關心這種愚蠢的爭論，讓我唯一感到不安的是，我發現人類這麼幼稚且焦躁。

　　真的令人又好奇又喜悅！我所渴求的是，無論男女都不應該如此地浪費寶貴的時間和快樂的人生，而應該逕自走進現實，走向希望。有一百條路可供我們選擇，我們唯一要確信的是追隨自己的腳步前行，不是無力地一次又一次地從一條路走到另一條路，不要追隨他人，而是要清楚我們感興趣的是什麼，吸引我們的是什麼，我們熱愛和渴望的又是什麼；最重要的是要記住，我們有責任彼此理解、敬重和安撫，不僅在激烈爭論的現場如此，尤其在有完全信任的夥伴同行的安靜小路上更是如此，在這裡地平線無

限延伸,穿過一道道田野,越過一片片叢林,與弧形柔和
的天際接壤。

20. 逃離紛擾

21. 滿懷希望

在我辦公室的桌子上一直擺放著一排排的檸檬色的、淺橙色的、石板色的書卷，前幾天，我隨手從這些經典中拿起一本類似雜誌的東西。我現在不想質問為什麼英國人對書封面上的汙點和指印如此習以為常，而是想說，這些書籍對於我來說永遠是一種恥辱的提示，因為這使得我看到了有多少科目和多少教學方法讓我的平庸思想感到了沉悶無聊。然而這次，我的目光落在一首閃著光和美的詩歌上，那種微妙的優雅似乎非人類創作，也難能為人理解，這是阿爾弗雷德·諾伊斯先生 [62] 的抒情詩。它就像魔咒一般，瞬間驅趕走了我的疲勞，我真的厭倦了沒完沒了無聊的會議以及倫敦大街上的人聲鼎沸和車水馬龍。還有一首優美的詩，儘管很憂傷，但還是喚起了我對羅伯特·勃朗寧精神的回憶，我不是在回憶他是一位偉大的哀婉派詩人，他一生過的充實完滿並年復一年地彈奏著音質清脆的豎琴，那麼地莊嚴甜美；而是在說，他的精神就像高貴非凡之物，完全被遺忘並與現實世界形成鮮明對照。

下面是這首詩的一小部分：

為全世界希望而歌唱的人兒，
現在是你歌唱的清晨
還是把你隱藏的烏雲

62　阿爾弗雷德·諾伊斯（Alfred Noyes，1880～1958），英國詩人，他的許多詩歌取材於英國的歷史或傳說，也寫過一些長、短篇小說及文學評論。

圍繞著黑暗和寂寞的心？
你手可以撥動神聖和絃
落在這裡寂靜無邊，
太過平凡心靈無法相和，
一位絕望的偶像從此流傳。
五月照常來到英格蘭，
只是不再那般明亮耀眼；
上帝今天不在天堂，
你的祖國也不是他的家園。

　　我認為那就是一種神奇之美！但情況真是那樣嗎？我不希望是那樣，我認為也不會是那樣。詩人繼續說道，現實與希望的矛盾已經抹殺了真理的神聖光環，科學所做的不過就是剝去骨架上的血肉，並授予這副骨架無上榮譽。被分析和悖論所欺瞞的時代不再嚮往高尚與美好——還有什麼比這樣的批評更嚴厲更令人沮喪嗎？我認為，對人生缺乏信念和嚮往是一種悲觀態度。雖然悖論製造者現在很受歡迎，但那是因為人們對生活的闡釋感興趣；沒錯，我們現在對幻想和想像沒有耐心，只想看事實，因為我們覺得，不以事實為根據的幻想和想像引導不了人生。但我認為這種認知有些令人壓抑，也有些病態，而且還很膚淺，沒弄明白世界是以自己恆定不變方式在運轉的這個道理。一個孩子在遇到痛苦失意或無聊地做了一天功課後，

常常會哭著說再也沒有快樂了，我想那種認知和這個孩子的想法無異。

這首詩的結句反覆強調勃朗寧「超越了死亡，獲得了永恆。」他真的做到了嗎？我希望我感覺到了！當然，他有一種不可征服的樂觀主義精神，從失敗中看到希望，從缺憾中看到完美。但是我不能把希望寄託在另一個人的一句話上，無論這個人是多麼的英勇和高尚。我所希望的不僅僅是表面的生動和歡樂；做苦工的奴隸不會因為他的主子高興、英勇和強大而高興。我必須靠我自己的希望和條件建立我的信條，而不是靠別人的力量和歡樂。

接著，我的目光落在一篇文章的一句話上，這是一篇關於我們社會問題的文章；我讀到的內容是這樣的：

> 「……人類必須依靠辛勤勞作才能避免『飢餓』，這是人類的共同命運，現在這門關於『飢餓』的哲學正在在哭泣，因為作為哲學，它只能談一談、寫一寫、評一評而做不了其他。」

我認為這其中還有更多可盼的期望，儘管話說得並不溫文爾雅，因為它為即將到來的東西開闢了真正的希望之路，而不僅僅是對固有星辰的哀歌。

我們來到這個世界，如果想快樂，就必須與他人分享，想到此我們也許有些不舒服，「飢餓」哲學不就像這

種情況嗎？它不是指這位哲學家挨餓，而是說他沒辦法不想著其他所有挨餓的人；他之所以不斷地大談和書寫這門哲學，是因為他知道有人在挨餓時而感到不安。一方面，自己過上了舒適的生活，另一方面心裡還有著許多人特別看重的耐心、正義、和寬容，這就會令人不安，這一切不安都是因為不斷滋養起的同情心，雖然還沒有做到自我犧牲，但正在向這個方向發展。

那麼，我們必須問問自己，我們的責任是什麼。我認為，我們不應該舒適安逸地歌唱世界上事事順利，而應該看看我們可以做些什麼來使世界事事順利地平等、分享和給予。

當然，最好是那些生活舒適的人能夠走出舒適，並過更簡單、更和善、更直接的生活；但除此之外，我們可以做什麼呢？面對這一切，只因為別人那樣生活，我們就放棄享受與快樂去過卑微和憂慮的生活，這是我們的職責所在嗎？如果能一想到世界上那些處於無助的痛苦和艱辛的人，一想到他們流淌的淚水，我們就心如刀絞，我敢肯定地說我們的這種感受就足以證明我們的偉大。

但如果因為在俄羅斯或印度有人挨餓，我們就不吃不喝，或者因為一些病人的痛苦失眠，我們就不睡覺，我

想，我們就陷入了最糟糕的唐·吉訶德主義[63]和悲觀主義的泥潭。那似乎是一種病態，是自找痛苦。

但，我認為我們必須盡可能的分享喜悅，讓快樂得到分享、並保證它的品質，使它純淨、真實，這些都是我們的責任。如果我們能夠不靠財富和舒適獲得快樂，那我們才活得最精彩；而且，生活越是順其自然，我們越是能夠真切感受到歡樂並不取決於興奮和刺激，而取決於生活中真實生動的東西。

我們很多人的人生輸在了竭盡全力追求享樂上，輸在了只做鑑賞家而不做生活家的行為上，輸在了缺乏健康活動和樂趣的品味上。

那天我正好有一個小時的時間，逛了一下美術館；感受不是太好，如果這些漂亮的房間就我一個人在遊覽的話，倒是一件很令人愉悅的事。但事實卻是，遊人如織，你推我擠，他們似乎不是在欣賞什麼而像在找人！當然，那些畫作也真是一個離奇的大雜燴！很多面孔奇形怪狀的老人畫像；散發著沉悶、邪惡、無禮的氣息。也有一些所謂的寫實生活的畫作，但表現出的卻是愚蠢、矯情、造作的姿態；還有一些荒唐的寓言類東西，猶如蹩腳的鬧劇；但實際上，英國的藝術優勢都來自於美麗的風景、肥沃的

63　堂·吉柯德主義，是指執著勇敢、不怕困難且具有悲天憫人的情懷，但有點愛幻想的偏執。

田園、夏天的溪流、遙遠的森林以及波濤滾滾的大海；我認為最打動人的圖片是要給予人大自然的歡樂和美麗的，而不是什麼胡思亂想的幻境，應該是人們帶著愛和滿足看過一百遍也不厭膩的景象，應該是稻穀飄香的原野，應該是流水淙淙的磨坊，應該是靜靜牧場環抱著的沐浴池塘，應該是水草萋萋的湖泊，應該是暮色藹藹中的花園和老房子。所有這一切歷久彌新，充滿著生機與歡樂。

接著，我來到了雕塑館；我無法形容那六七座半身雕像給我的震撼 —— 這些雕像的面部表情似乎傳遞著人生中的驚奇、憐愛和痛苦，讓我瞬間感覺到表情中有一種分享的渴望，這種表情無論是在過去、現在還是未來，人們都會感覺到深深的愛意。在這裡，人們似乎可以感覺到伸向自己的手，感覺到那些渴望理解和喜愛的心，感覺到面頰側畔的呼吸，感覺到耳旁的話語；因此，整個雕塑館融化成為一個給人以啟迪和昭示的群像，空氣中彌漫著靈魂之音呼喚著我，引領著我；神祕朝聖之路上不斷給予愛和渴望愛，是不能夠猶豫和停滯的，但可以在路旁稍做休憩，感嘆一下那種看不見的神奇力量，傾聽它的呼喚：「停一下腳步吧，去愛他人，接受他人的愛，享受快樂」，同時再傾聽一下它的另一個聲音：「別停下，去經歷，去忍受，去悲傷，一直到生命盡頭。」

　　這時，人生美與痛的難解謎題再一次展現在人的眼前，這是一種我們必須學會協調融合的雙重重任，我們希望生活繼續的同時也曉得張弛有度。人生究竟是美還是痛？如果一個為真命題，那麼另一個必然是假命題！我對於我堅持的毫不懷疑。死亡和靜止也許會欺騙我們；但，生活和歡樂不會。在生命活動終止的背後也許還存在著某種東西，事實上，我完全相信其存在；即便不是這樣，也沒有什麼能夠掩蓋愛和歡樂的真實性或是抹殺我們潛意識中的那個「真我」。那麼，我們就會希望自己不被錯綜複雜的生活欺騙、誘導或迷惑；那麼，擺在我們每個人面前的道路就會變得清楚和平坦。

　　因此，正如我說的那樣，我們一定不要被生命終止所欺騙。我們知道，被分解和改變的無非是我們的生命軀殼；它可以融入泥土，可以葬入深海，但它不能被消滅；我們的靈魂就是如此；它們可能經受一千次的轉化和變幻，但它們一定是永遠存在的。

　　因此，我們要勇敢地去經歷並堅定地接受，不要恐懼，不要洩氣，要儘快地投入到生活和快樂中，不要遲疑。現實中，我們的時間都浪費在了焦慮、瑣碎、老套的事情上。我們無法規避這些東西，但是我們應該經常審視它們，掂量它們，擺脫它們，甚至戰勝它們；我們一定不

要被矇騙而誤認為它們是人生中的精彩片段。如果我們心裡感到恐慌、疲憊、焦慮，我們一定要想辦法恢復鎮定；我們一定要千百次地告誡自己，相信會平安無事的，我們之所以不安是因為我們自己沒有找對方向。最重要的是，我們不要為自己找可憐的藉口。我們應該像寓言裡的那位婦人那樣，當她丟失一枚硬幣時，不是坐下來哀傷自己的運氣不好，而是辛勤地打掃整個房子，直到找到它為止。世界上不存在丟失而永遠消失的東西；我們失去了的東西只是暫時被保留在別的地方了，我們會有機會再次找到它的。我們不要因此懊悔。唯一值得哀傷的是沒能做得更好；但是，如果哀傷無濟於事，我們最好還是忘掉它；我們要儘量忘記失敗和過錯，因為只有這樣我們才會真正感覺到快樂並恢復勇氣，才會心平氣和，而且這一切就像近在咫尺關閉著的房門一樣，我們可以起身走向它，如果我們想，如果我們願意，我們可以隨時打開房門。

21. 滿懷希望

22. 親歷人生

　　道德家和聖人的格言、憤世嫉俗者的警句、牧師的布道辭、智者的幽默警告都在疾呼世界上沒有什麼是真正值得擁有的，名聲會帶來疲憊和焦慮，愛是陣發性的衝動，財富是沉重的負擔，野心是累人的夢想；如果把這些忠告一股腦地灌輸給活力四射的年輕人，就真的如同將冰水傾注到奔湧跳躍的小河，有些讓人難以接受。對這些突兀的說教，年輕人是不會聽的，他們只會按照他們自己渴望的方式繼續人生，努力豐富自己的閱歷，追求勝利和成功的喜悅，無論如何都要親自嘗試一切。經驗性的告誡以及年輕人的認知都沒錯，但都是某種程度上的正確認知。奮鬥、努力、堅持不懈，確實帶來美好的東西，它遠比閃亮的皇冠和響亮的號角更美好。

　　造成這一事實的原因似乎在於，人就需要用名望、財富、享樂以及想像的滿足感來鞭策。我們需要的是經歷，即使我們對其一無所知，即使經歷本身如同日晒雨淋的殘破旗幟看似乏味、過時、無用而無法證明其魅力所在。人們太過於渴望達到目的，而且那些關於追求期望的公認價值觀也常常是錯誤和扭曲的。我們人類就是這樣，都希望閒適，但有些人因為不清楚進一步努力會帶來什麼，而過早地誤入閒散度日的境地。當然，人需要物質生活，但當一個人擁有了他所需要的一切的時候 —— 如甜美的飲食、

安靜的住房、花園和樹木、小溪蜿蜒的草坪、適宜的工作、幸福的家庭 —— 似乎又會產生不滿！他往往還會考慮接下來能獲得什麼樣的生活，手裡握著杯子，接下來要盛裝什麼樣的酒呢？這也正是人類無端憂慮的失敗之處，因為不能讓自己擁有一個積極、健康的生活。人的眼界應該超越這些，尋求某種為自己增添歡樂的東西。

當前，如果可以，我們需要做的是，平和寬厚地對待人生，把生活、經歷、情感看作是現實的饋贈而不匆匆一過、棄之一旁、置之不理，就像一個人不能為了時間而胡亂地對付餐食一樣。千萬不要把生活看作是逾越節[64]盛宴，正襟危坐，有人服侍。生活就在那裡，等著我們自己去經歷和度過，我們需要做的就是盡可能地讓人生更有品質。

那麼，如果可能，我們必須為生活、工作和生計以及休閒提供條件，然後就不要再為這些煩心。但是，我不知道多少人會有這樣的想法：「當我有了足夠的錢，當我找到了一席之地，當我把生活安頓好了，我就會按我自己所想的那樣生活。」但欲壑難填，閒暇時間永遠不會到來！

64　逾越節，猶太人最重要的上帝的節期，通常在陽曆四月，希伯來文意思是「越過」。當以色列人在埃及的時日，受到埃及人的苦役，神選召摩西帶領以色列人離開埃及，脫離奴役的身分，前往神應許的迦南美地。逾越節有許多規矩，除了吃無酵的食物之外，也要吃一些其它具有特別象徵的食物，以紀念先祖由埃及為奴之家被救贖出來。

　　我們不能這樣自欺欺人。我們要做是，趕緊行動起來，讓人生活得有價值。我們要努力享受我們不得不做的，儘量不做我們不喜歡的，除非我們硬著頭皮要做的一定會給我們帶來真正需要的東西。我們無需去精心雕琢生活的酒杯，因為在我們雕琢之後，往往會發現要填滿杯子的美酒其實在很久以前就已經蒸發掉了。

　　我可以說說我所認為的生活中的美酒是什麼嗎？我認為那是一種精神上的力量和富有，能夠使思想和心靈得以充分展現。我們每天起床時應該帶著一種高昂的熱情、一種明確的目的、一種讓時時刻刻都過得有意義的計畫；不要讓忙碌壓得你喘不過氣來，不要忙亂地盲從追逐，如果那樣，到頭來只能使得所做的每一件事都變得沉悶無聊。

　　我們有工作需要做，也有空閒的時光需要度過。如果度過那些空閒時光不是作為一種負擔，而是作為一種快樂，愉悅那些我們愛的人，並和他們愉快地親近，那我們就是最幸福的人了。我們為此要會充分利用時間。應該有一些娛樂消遣，但不要強迫自己，而應該順其自然。鍛練身體、種花草、做手工、練寫作，即使只是悠閒地寫寫信、聽聽音樂、讀讀書，這些都會使躁動的身心有事可做；因為，毫無疑問，我們的身心不能空閒無聊。

　　但最重要的是，一定要有一種東西能讓我們的靈魂變

得敏捷活躍並得以錘鍊。我們不能將這種東西強加給自己，否則將徒勞無功，枯燥無味；但我們也不能讓它在我們的懶散中溜走。無論美以何種方式感染和召喚我們，我們都必須遵循它的法則。我們一定不能因為那種感染力使我們個人的內心增添了平和、希冀和力量，就認為它是一種只屬於個人的東西。

我記得有這麼一個人，他對書籍有著很單純的興趣。他對書籍中精華部分的洞察和熱愛有著常人無法比擬的能力。對他的評論不參雜我個人的偏好，也無意於對他人批評和蔑視，只是想說，他對美的東西的那種熱愛是多麼的適度、自然和獨立，因此，在聽他談論他所喜愛的事物時，你的內心無法不升騰起一種渴望，要去體會他所擁有的那種快樂。我經常跟他談論起那些我認為無聊透頂的書；但他都能很熟練地解開這本書中暗含的思想，而這種思想必須透過留心整本書的主題才能找到，因此，他一次又一次地讓我帶著好奇和思考重讀那些我曾扔在一邊的書籍。但真正值得關注的是他對最親近的周圍人的影響。我不認為他的家人天生智力超常或能力非凡。但他的思想和精神似乎已經融入他家人的身心中，我認識的人中沒有人會像他的家人那樣能夠很輕鬆地理解美好事物並感受到快樂。他家裡的氣氛一點也不沉悶無聊，這並非因為他們討

論的是自己喜愛的話題，而是因為他們的觀點是那麼的鮮活和敏銳，以至於一切都顯得那麼的生動而有意義。去過他家的人都會感覺到視野開闊，會覺得這個世界充滿了活力的思想和美好的事物。

我無法描述那種微妙且有感染性的效應。那種作用並非讓你感到一下子很漲知識；也許會讓你對自己懊悔；那不是知識的炫耀，而是使知識本身成為一種令人興奮和有趣的東西，就像多變的風景一樣。

和這些人在一起，你才會驚訝地發現原來一直擺在你面前的精彩絕妙、蛛絲馬跡、錯綜關係你就是沒看到。這種影響最好不只是轉瞬即逝，最好能成為一粒火種，發揚光大，自行燃燒。

這正是我們應該尋找的那種神聖之火。火肯定是世界上最美好的象徵！我們坐在寂靜的房間裡，感受著安穩、平靜甚或寒冷，然而，在我們的周圍都是一聲不響的家具和日用品，它們都具有可燃性，在加之周圍儲藏的各種氣體，一觸即發，很有可能就出現一場大火。

我記得有一次坐在一間房子裡，地下室的一堆木材著了火；尋找滅火水管和向燃燒的地下室鑽孔，這些都頗費了點時間。我走進安靜的餐廳，這裡剛好就在燃燒的地下室之上。當我們掀起地毯並飛奔著取下壁畫的時候，看到

了被點燃的地板正在冒著一股股黑煙，這時房間裡已熱浪滾滾，隨時會砰的一下灰飛煙滅，這一情景令人震顫。

還有一次，我看到在荒草叢生的山頂燃起一堆熊熊篝火；看到巨大的樹幹燃起大火，形成紅色的瀑布傾入空中，是那麼的溫柔，那麼的義無反顧，讓人產生莫名的感動。這和人的思維一樣，材料存在並且被壓縮著、封閉著但可燃燒；只要火種能夠從其他燃燒的心靈跳躍進入我們的思想，我們也許會驚訝地發現那種噴薄的力量和熱量，雖然無聲，但潛力無限。

我認為對於我們每個人來說最有價值的是盡力將這種心靈之火引入到我們的思想。它不像凡間之火是毀滅、危險、野蠻之物，而更像引擎，可以將水變成蒸汽，將最柔和、最無力、最純淨的元素轉化為無法抵抗、無法抑制的力量。可燃燒的材料就在我們許多人的思想裡，但他們從來沒有感覺到這些東西還能發出熊熊火焰，因此，首先我們應該注意到這些材料的存在，然後帶著敬畏之心接受那種心靈的點燃。這種熾熱之火需加以克制、控制並予以保護；但我們的快樂不能只包含純淨、柔和、沉靜的元素，它必須有一顆火焰般的心。

22. 親歷人生

23. 追求信仰

　　我們應該學會培養、訓練、調節情感，就像我們訓練其他能力那樣。然而人們目前很難做到這一點。早期人類訓練身體讓自己強壯，當唯一的分歧只能由力量來決定時，那個被委以重任的人必然是強壯的、勇敢的、英勇的，他會像一個備受鼓舞的人那樣鬥志昂揚地戰鬥。隨著世界文明的不斷進化，弱者聯合起來抵制暴力，人類不再以爭鬥和戰爭方式解決思想分歧，而是以投票和仲裁等和平方式解決爭端，這時，理智走上前臺，而作為健康象徵的身體力量則退回到幕後，理智成為了統治力量。但是我們的進步應該不止如此，而實際上我們確實已經取得進步。佛學和斯多葛主義[65] 更多的是受理智而非情感支配，它們都承認痛苦和悲傷是人類生活不可分割的部分，並告誡人們戰勝這些不幸的唯一方式是無視它們，抑制住令人失望的欲望。基督教是一種比較高貴的對人類思想「征服」的第一次嘗試，但它教授人們完全拋棄「征服」的觀念，教導基督徒放棄雄心、忍受壓抑，不以暴制暴，屈從而非爭鬥。

　　「基督教鬥士」這類比喻是與《福音書》精神格格不入

65　斯多葛主義 (Stoic Philosophy)，源起於希臘城邦制度解體後的希臘化時代，它同當時的懷疑主義、犬儒主義和伊壁鳩魯主義一樣，都是對後城邦社會的一種反思和回應，所不同的是，斯多葛主義在這種反思中提出了一些嶄新的觀念和思想，從政治學方面講，主要有四點：自然法思想，獨立個人，世界主義的濫觴，平等的觀念。

的，但掌控基督教的後來者承認，基督徒人生中有爭鬥思想是人類本能之一。《福音書》中一個基督徒的理念是樸素、簡單和不計得失，他會因為過於關心他人而完全忽視自己的權利、欲望和目的。他被描述成一個不追求任何知識、政治或藝術的人。他隨遇而安；他不追求金錢、舒適或累積財富。他不圖謀尊貴和權力，甚至也不太在意塵世糾葛。悲傷、失意、痛苦、不幸只不過是他穿過的路旁陰影，如果說這些東西有什麼意義的話，它們就是為考驗這位基督徒情感意志而存在的。這位基督徒的思想啟示是──不應該與世界進行任何抗爭。世界應該回以安然，不該有什麼報復爭鬥，也不應該有一點點這樣的想法。基督徒盡其所能也無法做到最好，但他也是最棒的，因為他的目標很明顯是達到完美。

　　那麼，這種信仰如何得以持續呢？一種與神和上帝直接、坦誠的溝通意識可以保持這份信仰。基督徒從不懷疑上帝指引他的意圖絕對是善良的、友好的。他不會試圖了解罪惡和痛苦存在的原因；他只是忍受這些不幸，並堅定的期盼靈魂永存。但沒有任何啟示告訴他在什麼條件下靈魂會繼續存在、靈魂渴望什麼或如何活動，然而目的很明確──一個基督徒應該活得自由、充實，但他的愛及人性情懷需超越所有其他目的和欲望。

　　人們常說，如果這個世界真的接受了「山上寶訓」[66]，這個世界的社會結構就會很快解體。這是實情，但沒有人會認為，解體原因是不需要這個社會結構。社會結構之所以解體毫無疑問是因為少數人不接受這些原則，並對塵世之人所追求的東西緊抓不放。基督徒中大多數人將會成為少數非基督徒的奴隸，並受他們擺布。如果說基督教是一個社會體系，那麼它就是一個最純粹的社會主義，一個非強制並無私的社會主義。當然，人們很容易發出嘲笑，認為沒有可能把如此龐大複雜的社會體系解體為更加簡單的結構，但事實上，在整個世界歷史中也鮮有像亞西西的方濟各那樣的人勇於真正地以基督徒的方式生活，也鮮有人會對人們的心靈和思想產生巨大的影響力。問題不是人生不可如此，而是人性不敢冒險一試；這也就是耶穌所說的「很少人會發現那條窄路」的真正含義。真正令人難以理解的是，世界上有如此眾多的人接受基督教並十分虔誠地公開表示自己是基督徒，但他們卻根本不遵從基督教教義。教堂的目的似乎已經不再是為了給人們原始教義啟示，而是成為了適應人類本能和欲望的地方。這於我來說就像那個離奇、樸素的布列塔尼古老傳說 —— 救世主派使徒去把死魚當活魚賣掉，當他們無功而返的時候，救世主非常生

66　　「山上寶訓」，是《聖經·馬太福音》中耶穌在山上所說的話。

氣，說道，「如果你們連說服普通人把死魚當活魚買都做不到，我怎麼能讓你們去做漁民呢？」這是一個有關傳教方式的非常尖刻的小寓言！這樣的寓言讓人感覺基督教在某種意義上是一種失敗，或者說是一種不能實現的希望，因為它與塵世之人講條件，而且已經變得華而不實、高高在上、平凡世俗、盛氣凌人、激進好戰，並有意宣揚公民權利而非慈愛仁心。

　　我認為，這是所有真誠的基督教徒都應該好好考慮的問題，而且他們沒有權利和義務去摧毀並非基督教卻誤認為基督教的社會結構。那是當今世界很重要的一部分，就像基督誕生時羅馬帝國也是這個世界的一部分一樣；但是我們一定不要把它誤解為屬於基督教。基督教不是一種學說、組織、禮儀或一個團體，而是一種氛圍和一種生活態度。它的本質就是培養情感，信奉所有人類身上都有的熱誠、可愛、美麗和感傷的東西，並且為了發現這些東西而與所有接觸到的人建立一種純粹友愛的關係，以此作為一生追求目標。因此，基督教的本質在某種程度上說具有一定的藝術特性，因為它是不受約束地承認大自然和人類精神之美。《福音書》中有很多這類情節，基督一直慈愛地呵護著鮮花、小鳥和孩童，在他的講述中反覆提到生活中平凡瑣事的美麗，田野和葡萄園中的播撒耕種，羊舍

的整理修繕，街路上的人來人往，男孩女孩們的嬉鬧，生活中各種小的慶祝活動，男婚女嫁和派對等等；所有這些景象都出現在他的敘述中，如果存在更多紀錄，肯定還是這類描述。當然，在敵對和衝突出現在他周圍時，紀錄中便有了一種陰鬱和悲愴的氣氛，而且他的追隨者們的焦慮和抱負也在譴責這些敵對衝突的記載中有所呈現。但是我們一定不要被這種影響誤導而由此認為福音書傳遞的資訊晦澀。

　　如果我們要追隨真正的《福音書》思想，那麼我們就應該去追求一種平靜的生活，去聆聽和欣賞大自然的美妙聲音和景色，讓清脆的鳥鳴、綻放的花朵、春季的森林和冬日的夕陽來撫慰我們的目光和心靈，讓我們內心不斷獲得快樂。我們必須簡單安然地融入我們周圍的生活，不要試圖引領潮流，不要尋求樹立觀點，不要強調個人目標；我們一定不要陷入沒有計劃的忙碌勞頓之中；我們無法向他人抗議這些東西，但我們可以無視它們。無論如何，我們一定不要成為他人的負擔；我們一定不要震怒、生氣或厭惡，而是要寬容體諒他人，與人友好和分享悲歡。我們一定要熱切、輕鬆地對待生活，而不是悲傷、枯燥或古板地度日。《福音書》中使用的古老文字、語法以及使得它顯得莊嚴神聖的自然傾向，讓我們無法看清它表達的是

絕對自然和簡單的思想。我認為，莊嚴、傳統和敬畏並沒有給我們帶來太大的傷害，但卻為我們帶來了不利影響，我們已經把救世主看成是一個不太可能與其坦率溝通和熱誠交談的人物。根據圖畫和書籍，人們認為他是暗淡、抽象、苛責、嚴肅並帶著一種憂傷的仁慈和陰沉的呵護的化身。然而，我相信他完全不是那樣，我認為他是一個讓任何簡單並有愛心的人，無論男女老少，在相處時都會即刻感到輕鬆的人。我認為，他具有理想主義和詩意的特質，因此，不會使人開懷大笑；但那些極其熱愛生活並關心生活問題的人更在意的是生活中的美而非生活中的幽默。儘管如此，人們還是在《福音書》中時不時地看到幽默的影子，比如關於不公正法官的故事或關於市場中孩童的故事；因此，他令人生畏、很難直接交談、無法給人帶來歡樂的說法，我一點兒也不相信。

所以，我認為一個基督徒沒必要羞於輕鬆歡樂，相反，我認為他應該盡可能地培養這種東西。他應該是很真誠的，能夠照顧和融入到周圍人的情緒，並不帶一點矯揉造作地與人同喜同悲。當基督徒看到一些凡俗市井 ── 熙熙攘攘的市場、歌舞昇平的酒吧、煙霧騰騰的吸煙室而感到自己生錯了時代並產生深深地厭惡時，那說明他遠離了對人性的那種愛。無論在什麼場合，他一定要讓自己

受歡迎、有魅力、易親近，因為缺乏善良和親和是一件極其悲催的事；要想感染他的夥伴，他必須要像天真漂亮的少女那樣用他的樸實、可愛和吸引力來影響周圍的人。我認識一些這類基督徒，他們都非常睿智、可愛、簡單、溫和，與他們相處並不令人拘束而是讓人倍感輕鬆，他們會讓每一個接近他們的人受到完美至上的啟示。我不是在推崇一種愚昧的親和，也不僅僅是在熱衷於順暢的交流，而是在強調一種熱誠、機敏和一種「敦厚」，我不是在尋求人們天性的共同之處和劣根之殤，而是在全身心地探求人性本真——衝動、軟弱、偏激、易怒、享樂，但即便如此，仍不失寬厚、和藹、健全的根基，這種人性本真往往能夠在最卑微的人們發生危機和考驗時顯露出來。那些社會的棄兒，有罪過的人，放蕩不羈的人，如果他們感到救世主已經對他們的罪過震怒和憎惡，他們就不會像現在這樣圍繞在他的周圍了。所以，他們肯定感覺到的是，救世主是理解他們的，是愛他們的，是渴望他們的愛的，他看到了他們身上所有的真實、美好、熱誠和可愛的東西，因為救世主知道他們本性中有這些東西，只是在盼望著它們顯現。「救世主真是一個令人愉悅的人！」一個普通人也是一位最棒的基督徒曾經這樣對我說，「如果你做錯了事，他不會挑毛病，而是為你指出正道所在；如果你身陷痛苦

與磨難，他也不會說什麼，只會讓你感覺到有他在你身邊，一切都好。」

23. 追求信仰

24. 放棄欲望

　　我們必須總是滿懷希望地、快樂地牢記，那些對人類生活產生深深影響的偉大運動、教義、思想幾乎都是基於人性的最美好和最真實的需求。我們不必害怕新學說或者新教義，因為這樣的東西無法強加給不願意接受它們的世界，它們只能透過親和的方式來闡釋人們的目的和需求。透過回顧世界歷史而獲得的知識仍然對人大有裨益，人本性不是自私、殘忍、世俗、邪惡的這種思想一直對人產生著很深影響，這也讓人類充滿了希望。人性中的自私和殘暴因素從來沒有能夠同惡相濟並長時間地同善的力量角逐，原因很簡單，因為那些自私邪惡的人自然不會信任其他自私邪惡的人，而人們的團結和諧又只能建立在彼此信任和關愛上。因此，善永遠有著一種讓人團結和諧的力量，而惡只能使人孤立和疏離。

　　就拿尼采[67]要嘗試建立一種人間新學說為例。他的超人學說很簡單，認為未來的世界掌握在強大好鬥、殘暴豪奪之人的手裡。這些人就是學說中的超人，他們崇尚武力，手段瘋狂，有著激情活力。但是這些人與生俱來也攜帶著失敗的基因，因為即使尼采關於「人性的軟弱注定滅

---

[67]　尼采（Nietzsche，1844～1900），德國著名哲學家。西方現代哲學的開創者，同時也是卓越的詩人和散文家。他最早開始批判西方現代社會，然而他的學說在他的時代卻沒有引起人們重視，直到 20 世紀，才激起深遠的調門各異的回聲。後來的生命哲學，存在主義，佛洛德主義，後現代主義，都以各自的形式回應尼采的哲學思想。

亡而且應該助其滅亡」的觀點正確，即使他的所謂超人最後勝利，但他們之間最終也必然會以某種殘酷而無畏的戰鬥拼個你死我活。

尼采認為，放棄欲望的基督教義無非是在一個學說中把不滿、失望、人性弱點和劣根性帶來的失敗以及造就的奴性群體等概念換了說辭而已。他認為基督教是頌揚和神聖化了人的弱點而不是優點。但他的這種判斷是完全錯誤的。實際上基督教宣揚的是人性之善、愛之力量、信任無私，這些東西遠遠超越人性之惡。基督教的感召力在於它向人們揭示了人的潛力無限，並明示人們，只要思想是高尚純潔的，任何骯髒邪惡的環境都是束縛不了它的。無論男人還是女人，能夠看到內心純潔之美，他就不會深受肉體或心靈墮落的浸染。

放棄欲望並非是完全被動的事；它不是簡單地放棄快樂並把幸福拒之千里之外。自我犧牲不一定就是令人不快的思維模式，它也不是指太過恐懼各種享樂而不能有絲毫參與之心。放棄欲望是對享樂和快樂所做的有力區分，是一種不被自私表面的享樂所蒙蔽的修行，但是它清楚什麼樣的享樂是無罪過的、人之天性的、社會接受的，也知道什麼樣的享樂是腐朽的、有毒的、虛幻的。

在《福音書》中幾乎看不到苦行主義的痕跡，明示人

們的是要追求生活中的快樂，唯一宣導的自我約束是最終過簡單的生活並快樂而有擔當地肩負起不可推卸的責任。自我約束並不是以一種毫無生氣、謹小慎微的方式進行苦修，而更是像一個人豪情萬丈地接受一次遠征中的艱難險阻。去北極探險的人會受到飲食上的限制，這一點他們必須進行修煉，還會遇到生活方式上的不便，這一點他們也必須得接受，但是沒有人會認為這些探險者會放棄生活中的快樂；他們當然要這樣做，只有這樣他們才會有更高昂的激情。從有關早期基督徒的記載資料中可以很清楚地看出，他們帶給其他非基督徒鄰居的印象並非謹小慎微、憂慮重重、鬥志不足，而是給人某種神祕的快樂和力量感並且自身散發出某種神奇的光芒，這種光芒並非矯揉造作，而是心靈和思想領域有所建樹的人所散發出來的那種無法抑制的幸福氣息。

讓我們假設這樣一種情況，一個人與生俱來擁有超凡的精力，能夠敏銳的洞察生活中所有美麗的、幽默的、開心的事物。設想他對大自然、藝術、人文魅力、人的快樂都極其敏感，帶著強烈的熱情、興趣和激情去做每一件事。再設想他對情感也十分敏感，希望被人愛戴、令人愉悅、待人和藹，他喜歡孩童和動物，也願意成為一個熾烈似火的愛人，一個浪漫多情的朋友，總之，對人性中所

有的優良品格都非常敏感。再假設，他雄心勃勃，追求名望，想在生活中扮演重要角色，熱愛工作，希望一言九鼎，渴望別人喜歡他所喜歡的事物。那麼，毫無疑問，他必須做一個選擇；他無法同時做好這一切；他的雄心或許會妨礙他的享樂，他的情感或許會干擾他的雄心。他應該如何取捨呢？很明顯，他無需放棄一切。他沒有必要逼迫自己拒絕快樂，拒絕愛和被愛，更沒必要屈從溫順地過人生。他應該選擇他心中最珍視的東西，無論它是什麼，而且，毫無疑問，他也會本能地剝離掉他生活中那些蒙蔽人的所謂快樂。如果為了自己的雄心壯志而擱置情感，並隨之感到他所輕視和漠視的愛的思想讓他傷痛，那麼他就會重新選擇自己走的路；如果他發現自己的雄心壯志讓他無暇享受到藝術和大自然的快樂，並明白他的成功是用放棄其他快樂換來的，那麼他就會控制一下自己的凌雲壯志；但在做這些選擇的時候，他不會表現出焦慮和可憐，因為同時擺在他面前的更像是兩個快樂的選擇，只不過是一個比另一個更好。他不會貪婪地兩個都要，只會選擇他最珍視的那個，並再也不去想被他放棄的那個。

　　一個這樣的人，越是熱愛生活，就越不可能被生活中的種種所欺騙；他越是能夠明智的判斷哪一種選擇值得保留，就越不可能被生活之外的任何東西誘惑。畢竟，他在

追求的是人生的圓滿而不是空虛；因此說，放棄欲望並非是面對生活時的軟弱退縮，而是對人生價值的有力堅持。

但是，我們當然不能希望所有人的人生都上升到這麼高的層次。關鍵是，在感到自己無能為力、一事無成、心煩意亂、惆悵失落又勝任不了我們肩上的責任時，我們大多數人應該怎麼做。如果我們無意於冒險，只是對生活擔憂，只是被疑惑和焦慮困擾，感覺不到快樂，也沒有激情，更沒有什麼雄心壯志，那麼我們應該怎麼做呢？

或許我們的實際情況甚至比那還糟；我們卑賤地渴望生活舒適和輕鬆點，我們心裡渴望一些低層次的享樂，不在意是否受到尊敬只要獲得就好，試圖累積各種資源抵抗生活苦難，不想與他人分享，只想待在屈從於我們意志並為我所用的那個圈子裡。這對於人們來說是一種很難做出正確選擇的情況；我們隨便看一看，就會發現外面的生活更精彩更輕鬆，但即便如此，我們或許也很難意識到我們真應該從沉悶的圈子裡出來透透氣了。

無論是哪種情況，我們的責任和期望是明確的：不管付出多大的代價，經歷怎樣的艱難險阻，我們必須找到那條通向黎明之光的道路。就是這樣一些人，他們一方面焦慮恐懼，一方面粗鄙世俗，最需要擁有自己的「心靈樂園」。我們是在向著那片黎明之光前行，正如華特‧惠特

曼[68] 如此恢宏地寫道：「上帝在前行，不斷前行……前方一直黑暗無邊，總有援助之手在牽引著落後者。」

　　如果我們認清我們就是落後者，或者如果我們隱約感覺我們是落後者，那麼，我們應該做的不是恐懼黑暗而是要緊緊抓住伸向我們的援助之手。我們必須抓住哪怕是一絲引領我們沖出黑暗的啟示，堅決屏棄懶散醜陋的習性，把我們自身醜惡帶來的困擾講給一個我們崇尚和敬畏的人聽；我們必須充滿激情，勇敢前行；這樣，我們就會瞬間感受到穩穩的根基，垃圾和雜物就會踩在腳下；我們必須為這新發現的快樂建造一座家園，雖然這一快樂就像染滿晨露森林裡剛剛醒來的小鳥在我們內心裡還沒那麼活躍，但是，黎明之手已經開始打開這夜的帷幔。

68　華特‧惠特曼（Walt Whitman，1819～1892），美國詩人、散文家、人文主義者，有自由詩之父的美譽。代表作：《草葉集》等。

24. 放棄欲望

25. 培養美感

　　我們必須賦予美感應有的重要地位，但怎樣看待美感卻遇到了一個難題，因為對於許多人來說，美感似乎是一個飄渺脆弱的東西，它只是在人們完全寧靜和安康狀態時才會來到人的心裡。許多人，即便是那些最有思想和智慧的人，透過自身經歷也會發現美感是在緊張和壓力時最容易失去的感覺。肉體疼痛、憂傷、專注、忙碌、焦慮，所有這一切似乎都可以讓美感馬上消失，除非一個人相信美感是一種妙不可言、柔軟溫情的東西，相信它可以與生活中難得的心裡寧靜共存。這種現實造成的後果很可能是，許多思想活躍且有影響力的人情願不去思考什麼美感，而只是把它看作是伴隨帶薪假日出現的一種心境，即便這樣，也不很放縱。

　　對許多身體強健、精力充沛的人來說，情況也是如此，他們對於美幾乎沒有什麼感知，只有在看到栩栩如生的景色和勝地時，只有在抬望峻峭山巒上一片片古老城堡時，只有在俯瞰風雪肆虐的大峽穀時，只有在遠眺一望無際的森林時，只有在驚嘆崢嶸海岬和懸崖峭壁之下不斷湧向大陸海浪的滔天壯麗時，他們內心的美感才會被悄然喚醒。但是，對這類煽情美感的追求會誤導真正美的品質；如果就這樣追求美，那麼美就不再是生活中的牛奶和蜂蜜，它就成為一種讓人興奮而非寧靜的興奮劑。我不是

說我們應該有意避開美麗景色和藝術寶庫，或者像詩人湯瑪斯·格雷[69]那樣做，在他與霍勒斯·沃波爾[70]一起在阿爾卑斯山旅行時，為了不看那些驚險奇絕的景色把車的窗簾拉上！

我還是覺得，如果一個人在正確的道路上，同時，美在人生中有其相應的位置和價值，那麼人們就不會為了使自己呆頓思維活躍起來並讓生活充滿活力而到遙遠之處尋找美。我認為人們大多時候應該願意生活在同一個地方並且會逐漸喜歡上熟悉的景物。對景物的熟悉有助於對它的感知：一個人應該能感覺到最樸素的英國風景之中蘊藏的美，對於這種美的本質細膩清楚的理解可以展現在情感和不斷提高的深刻闡釋能力上。我本人一年大部分時間是在一個鄉村度過的，鄉民們認為這裡很乏味無趣，平淡無奇；然而我卻無法形容每天徜徉在如畫的劍橋風景中的那種清新和快樂，那一望無垠的低窪荒原，那鬱鬱蔥蔥果樹和榆樹掩映中的白牆茅頂的村舍，那倒垂著楊柳緩緩流淌的小溪，那若隱若現雲團籠罩著的淺草沼澤；還有就是我常居住的薩塞克斯（Sussex），這裡有樹木蔥蘢的山梁，

69　湯瑪斯·格雷（Thomas Gary，1716～1771），英國新古典主義後期的重要詩人，代表作：《墓畔哀歌》等。

70　霍勒斯·沃波爾（Horace Walpole，1717～1797），英國詩人，其作品《奧特蘭托城堡》首創了集神祕、恐怖和超自然元素於一體的哥特式小說風尚，形成英國浪漫主義詩歌運動的重要階段。

有我越來越熟悉和親切的五顏六色的曠野，在曠野的那邊還有一道道延綿不斷的丘陵，這裡的一切越來越散發出那種甜美快樂的神祕氣息。因為我們在培養對美的感知，所以我們變得對簡單的美越來越敏感；我們會發現令人眼花繚亂的壯麗恢宏景色反而讓人迷惑混沌。

對於其他藝術形式來說，道理相同；我們不再追求激動人心給人帶來的炫目和震懾，我們越來越不關心那些故意讓措詞和思想雜糅晦澀的東西，我們越來越注重清楚、簡潔和樸素。沒完沒了的慷慨激昂讓人難以承受，錯綜複雜也令我們煩惱不堪；我們開始意識到費茲傑羅所謂的「不露聲色的經典」那類東西的美。我們不想經歷複雜情感調和與衝突的波瀾壯闊，我們只想要一種能夠看得清、抓得住並能很好培養的東西。我們不再尋求給人刺激令人興奮的東西，也不再追求能使我們在人生大海中乘風破浪的東西，而我們追尋的更是平和沉靜的理解所能夠賦予我們的所有愛，追尋一種我們能夠依賴和遵守的原則。隨著生活的繼續，我們一定不要向情緒起伏的瞬息萬變尋求慰藉，我們應該努力獲得一種簡單而持久並能夠在熟悉平凡環境中培養的快樂。

如果說對美的感受非常脆弱以至於受到各種干擾因素的擺布，那麼它也是最持久隱忍、最始終如一的無聲能量

之一。就像我們驅趕走的飛蟲一樣，美感會一次又一次地落在它已經選擇了的地方。現實中也的確會有令人困惑和不安的時刻，我們身邊的美似乎更像暴君和強盜，它不露聲色地嘲笑我們，提醒我們已失去的快樂並以此折磨我們。也有那樣的時刻，為了忘掉不幸，我們只好讓自己忙得無暇思考；但這只能說明我們還沒有學會用正確的方式去愛「美」。如果我們只是把美看成是我們快樂酒杯中的一種讓人愉悅的原料，就像我們隨時都可以享用的美酒那類東西可以給我們增添瞬間的滿足，那麼，當我們最需要美的時候，它一定會出現在我們的眼前。當一個人失去親人時，他可以自我考驗一下對愛的理解。如果他感覺親人留給他的慈愛面容、臨終話語和溫柔撫摸對他來說僅僅是一種痛苦，那麼他沒有正確地理解愛，他只是把愛看成是自私而愉悅的欣喜而已；但是，如果他渴望朋友和至親的關心並以此獲得力量和撫慰，如果親人留給他的愛使他更增添了力量，如果他更堅信愛的情感永不消失，那麼他才愛得明智和純粹，才是因為愛而愛，才是因為愛的美麗和聖潔而愛，而不是因為愛帶給了他溫暖和舒適而愛。

如果我們深刻地感知到美，相信美最終會帶來快樂，把美看成是一種有意的啟示而不是一種惡意地、殘暴地、冷酷地讓人悲傷和焦慮的力量，認定美是一種等待我們發

現和護佑我們的東西，那麼，美就不是一種讓人擔心的折磨，不是對無法感知那種快樂的無情炫耀，而是對某種堅實永恆東西的一種堅守，這種東西會一次次地以更豐滿的姿態來到我們的內心，即使它斷斷續續。

那麼，我們應該訓練和培養我們對美的感知，不為標榜自我，也不為炫耀邀寵，只是為了在悲傷時刻鼓勵我們並沒有失去一切，讓我們懂得黑暗只是暫時的，而快樂才是永恆、深沉且必然的，從而使我們減輕痛苦。

因此，美對於我們來說或許就是生機勃勃的愛和希望之泉，它就在那裡眺望著我們，就像在遙遠山腳下時隱時現的溫暖的家，期盼著那位遠行的人翻過陡峭的山梁歸來。它能夠讓我們感受到我們並沒有被遺忘，它所帶來的快樂可以戰勝所有不時出現的衝突與不安。我們很容怠慢和忽視美，但若我們真的那樣做了，我們就會在經歷不幸時感到困惑而不是內心寧靜。正如喬治·梅瑞狄斯[71] 在他妻子病重期間所寫的那樣，「此時，我正經歷著人生的溝坎……但，幸運的是，我學會了在精神世界裡尋求慰藉，而且看到了生活中光明的那一面，否則對她的這種病痛折磨也會把我擊垮。」那種精神就是看到人生另一面的光明，它就是美所傳遞的奧祕，也正是美用她光芒四射的羽翼載來的訊息。

71　喬治·梅瑞狄斯（George Meredith，1828～1909），英國傑出的小說家之一，代表作：《利己主義者》等，他的詩歌精於細節描寫，旨意凝練。

26. 尚美原則

26. 尚美原則

　　「我贊同萬物都包含美的這一道理。」濟慈曾經這樣說過。就像萬路歸一，我說過的所有話都可以歸結到這個道理上。但我們一定要擦亮雙眼，不能盲目樂觀而堅持不存在的虛幻之美，不要壓制任何藝人對於美的任何觀點，不要見到什麼都讚美一番，也不要開口就滔滔不絕。當華特·佩特遇到某種出於禮貌必須表達敬仰的境況時，他常常會用他那溫柔但擲地有聲的語調說，「真的，很棒！」

　　但是，我們一定要對所有美的傾向報以寬容豁達態度，努力發現哪怕是只有一點點的聖潔品德；我不希望人們對此報以過分苛責的姿態，但是，我們眼裡一定要有判斷美的原則，絕不能讓自己僅僅成為美好印象的記錄者。如果我們僅是沉迷於美中，那就是在追求美的感官上享受；但另一方面，如果我們追求審美正確性並與當今嚴肅的藝術標準一致，那麼，我們又都成為枯燥乏味的鑑賞家了，這不會給生活帶來任何激情。因此，我們應該溫柔有度地對待我們必須追求的美，公正地看待一切，既不能過分譴責攻擊，也不能讓自己放浪形骸於感官享受，我們應該靜下心來尋求某種心靈之光。

　　我這裡沒有太多涉及藝術 —— 音樂，雕塑，繪畫，建築 —— 因為我不想把美具體化。事實上，我也知道一些心性高尚的人做事努力，信仰虔誠，但缺乏創造力，他

們已經開始用哲學方式來看待美的價值和作用，但缺乏與生俱來判斷美的本能，因此，憑著常規謹慎的研究他們感到一片茫然，只是堅信自己走在藝術之美的路上。他們對美沒有任何鑑賞力，對美沒有任何追求，而僅僅是為了培養看似很有審美的氣質而已，他們這種潛意識動機其實就是擔心與他們所崇拜的那類對美抱有激情的人步調不一致，而他們所崇拜的這些人對於美的熱愛他們又無從分享。這樣的人很容易被早期的義大利繪畫藝術吸引，因為它具有歷史淵源，因為它可以進行直接分析。他們變成了所謂的「純化論者」，這多少意味著機械的學術服從。在一些著作中能夠發現他們崇拜一些諸如卡萊爾、拉斯金和勃朗寧式的人物，但崇拜並非因為這些人處理思想的方法，而是因為他們所樹立的道德上的座右銘 —— 這很像一個人為了果核而喜歡果醬！

一個人愛上偉大的作家和藝術家不應該是因為他們的思想偉大 —— 很多有偉大思想的作家所做的事並不偉大 —— 而應該是因為這些偉大的藝術家和作家能夠用一種神聖的光芒照亮普通的思想和目標，最終讓這些思想和目標所蘊含的美得以展示並發出壯麗色彩。我們很容易替美好的思想帶上沉重的枷鎖，結果使它們失去珍貴的價值和激勵的作用。《福音書》中有一些世界上最美的思想，

美是因為這些思想是普通的，是所有人都承認的，而且是散發著某種光輝的，就像夕陽用它遙遠而柔和的金光，使我們熟悉的場景有一種神祕而充滿希冀的壯美。但一個人只有仔細琢磨那些無聊的說教或者枯燥的評論，才能發現《福音書》中的思想被竄改成某些陳腐洩氣的東西。平凡事物之美取決於你觀察它們的視角以及它們所接收到的光亮；偉大藝術家和偉大作家的責任就是以合適的角度展示事物並規避掉遮蓋其本質的各種雜光。

我們追求美，這源於我們相信，如果能夠正確看待，許多事物包含著美，這也源於我們有要發現事物本質的決心。因此，渴望發現美的人首先必須相信美的存在，必須期盼看到美，必須尋找並留意美，一定不要因為他人看不到美而感到洩氣，尤其要提防那些用大家接受的方式來迷亂你的雙眼進而讓你辨別不清美的本質人。美學宣導者中最糟糕的一些人，就像書記員一樣，為審美法則劃上藩籬，並試圖將這一探索過程看成是複雜信條的累積。

那麼，讓我們永遠不要嘗試把美限定在固定的藝術框架內；迷信的形式主義者所犯的錯誤就是把神的感召力限定在某些神殿和固定的儀式內。這樣神殿和儀式的作用就僅僅是為了人們在某個情緒高潮時刻集中沉澱他們激昂翻湧的熱情。而真正對美摯愛之人會在任何地方守候著美，

他會在小鎮上林林總總的屋頂，以及風吹雨打下或白或黑的教堂尖塔中發現美，他會在海港忙碌的船隻中發現美，他會在小村莊一片片果園和一座座尖頂穀倉中發現美，他會在偏遠鄉野一片片開闊田地和縱橫交錯的小路中發現美，他會在巨浪拍擊的粗礫沙洲和崢嶸海角中發現美；如果他在這些地方發現了美，他就會把美看成是凝縮在這些東西的畫面裡，但這些東西所蘊含的美常常需要人對光影和色彩的奧祕有著很好的理解力；接下來，他會在他周圍人的外貌、姿態和表情中追尋同樣微妙的美的氣息，而且會繼續深入地在其他方面追尋這種美 —— 在人的行為舉止中，在自由奔放的生活方式中，在卑微的個人欲望約束中，在乏味無趣但目的美好的事業中，在最樸素人們的高尚情懷中；最後他會發現，美是一種他所見所聞所感一切事物都有的特質，不同之處在於，是像狗一樣饑餓貪婪地把那一契機看成是獲得滿盆食物的時刻從而懶惰愚蠢地看待事物，還是把那一契機看成是獲得某一美好而遠大目標的一個步驟並清楚所有經歷，無論是有形可見事物的經歷還是心智精神上的經歷，之所以珍貴就是因為這一經歷使人進步，且給人一種讓卑鄙回歸高尚純潔的美好希望來塑造、改變人。

我們所有人的絕對需求是要找到某種強大的東西可以

依賴和寄託。否則一個人就會退步到這樣一種思想：人之存在，如果拋開生命終止的痛苦與陰鬱，總體上就是享受存在。隨著生活的繼續，會出現這樣一種衝動的說法，「雖然生活讓人著迷或許還很愉悅，但總會有些東西籠罩它、腐蝕它、撕咬它，就如同花蕾上的蠕蟲無法擺脫。」由此，一個人就陷入了絕望的泥潭。

那麼，人生而何為呢？就是為了活著之後遺忘，受傷之後治癒，強健之後衰弱嗎？就是為了精神逐漸消失之後肉體化為塵埃嗎？就是為了讓自己有一段強烈而甜美的記憶（別人不會記得）之後再讓它隨風消散嗎？

不，那不是生而為人的目的！人生的目的應該是為了生活得充實而富有激情，是為了認清精神的不可磨滅性，是為了消除致使精神萎靡的一切，做到這些不需要我們與難纏的缺點進行艱苦卓絕的爭鬥，而是要盡我們所能地報以寧和的熱忱和深深的期望。那就是美的本質，讓我們知道世界上存在著改造我們、讓我們高尚的東西，那也是我們想抓就能夠抓住的東西，每當我們在工作中發現了這種東西並用其激勵我們薄弱意志的時候，我們就又提升了一步，就能夠以更寬廣和更清楚的視角看待所有的事物。

電子書購買

國家圖書館出版品預行編目資料

心靈樂園：在紛擾塵世中，找尋流奶與蜜之地 /
[英] 亞瑟‧本森（Arthur Benson）著，遲文
成 譯 . -- 第一版 . -- 臺北市：崧燁文化事業有限
公司 , 2022.11
　　面；　公分
POD 版
譯自：Joyous
ISBN 978-626-332-833-4(平裝)
873.6　　　111016623

心靈樂園：在紛擾塵世中，找尋流奶與蜜之地

臉書

作　　　者：[英] 亞瑟‧本森（Arthur Benson）

翻　　　譯：遲文成

發 行 人：黃振庭

出 版 者：崧燁文化事業有限公司

發 行 者：崧燁文化事業有限公司

E - m a i l：sonbookservice@gmail.com

粉 絲 頁：https://www.facebook.com/sonbookss/

網　　　址：https://sonbook.net/

地　　　址：台北市中正區重慶南路一段六十一號八樓 815 室

Rm. 815, 8F., No.61, Sec. 1, Chongqing S. Rd., Zhongzheng Dist., Taipei City 100,
Taiwan

電　　　話：(02) 2370-3310　　　傳　　真：(02) 2388-1990

印　　　刷：京峯彩色印刷有限公司（京峰數位）

律師顧問：廣華律師事務所 張珮琦律師

定　　　價：299 元

發行日期：2022 年 11 月第一版

◎本書以 POD 印製